講談社文庫

暴れ公卿

公家武者信平《のぶひら》ことはじめ㈣

佐々木裕一

JN250015

目次

暴れ公卿——公家武者信平《のぶひら》ことはじめ（四）

第一話　子連れ善衛門

一

田植えが終わり、苗が育ちはじめた田圃《たんぼ》では、蛙《かえる》たちが耳にうるさいほど盛んに鳴いている。

淡い夕闇に黒く染まりはじめた雑木林を前に、葉山善衛門《はやまぜんえもん》は立ち止まった。

「や、これはしまった」

道に迷ったことに気付き、舌打ちする。

鷹司《たかつかさ》松平信平《まつだいらのぶひら》は、将軍家綱《いえつな》公の許しを得て、佐吉《さきち》を家来にすることを決めた。

さっそく善衛門が市谷《いちがや》の谷町《たにまち》におもむき、佐吉に、信平の家来に迎えることを告げた。

加えて、僅《わず》かばかりの支度金を渡したのであるが、妻の国代《くによ》と手を取り合って大喜びした佐吉が、帰ろうとする善衛門を引っ張り込み、酒肴《しゅこう》を振る舞った。

佐吉は、姓を江島《えじま》という。

四谷《よつや》の合羽坂《かっぱざか》で刀狩りをし、四谷の弁慶などといわれて恐れられたが、信平に倒されるや、家来にしてくれと言いだした男だ。

信平は拒《こば》んでいたが、こころの底では佐吉を気に入っていたのであろう。将軍の許しが出たと知るや、自ら谷町におもむくと言ったのであるが、善衛門が止めた。

「今は僅か百石の旗本ですがな、殿は、公家《くげ》の頂点に立つ五摂家《ごせっけ》に列する鷹司家の血を引くお方。家来になる者の家にわざわざ足を運ぶことはござらぬ」

などと言い、善衛門は一人で、佐吉の家を訪れたのだ。

国代の手料理に舌鼓を打った善衛門は、こころが真《ま》っ直《す》ぐな佐吉をすっかり気に入り、武芸の話やら、近頃の侍がたるんでいるなどと話をするうちに酒もすすみ、いつの間にか昼寝をしてしまった。ふと目をさました時には、夕暮れが迫っていたのである。

不泊まっていけという佐吉のこころ遣《づか》いを断り、大慌てで帰った善衛門であるが、不慣れな土地ゆえ、違った道へ足を踏み入れたらしく、気付けば、城とは反対に歩んでいたのだ。

「やれやれ、わしとしたことが情けなや」

ため息まじりに言うと、来た道を引き返そうとした。雑木林から女の悲鳴が聞こえたのは、その時だ。

ただごとではない声に応じて、善衛門は走った。

女が、無頼《ぶらい》の輩《やから》に襲われているのではないかと心配しつつ、林の中に通じる小道を急ぐ。すると、今まさに、覆面の侍に背中を斬られた女が、末期《まつご》の絶叫をあげ、大木の根元に伏し倒れた。

女を囲んだ三人の侍が、足蹴《あしげ》に仰向《あおむ》けにすると、なんと、その腕には、男児が抱かれているではないか。

侍が刀を持ち替え、切っ先を女に突き立てようとした。

脇差しから小柄《こづか》を抜いた善衛門が、

「待てい！」

大音声《だいおんじょう》をあげると同時に、覆面の侍に投げ打った。

小柄をかわした侍が、女子供を背にして立ち、善衛門に刀を向けた。

「おのれ、何奴《なにやつ》！」

「たわけ！　それはこちらの台詞《せりふ》じゃ。か弱き女子供を三人で襲うとは許せん。家光《いえみつ》公より拝領の左門字《さもんじ》で、成敗してくれる」

さっと抜刀し、猛然と迫る。

家光の名を聞いた覆面の侍たちが、怖気《おじけ》づいて下がる。だが、それは一瞬のことであり、刀を構えて気合をかけ、善衛門に斬りかかってきた。

覆面の侍が刀を袈裟懸《けさが》けに打ち下ろすのと、善衛門が打ち下ろすのが同時。

一刀流を極めた善衛門の太刀《たち》筋が優れ、相手の籠手《こて》を斬り割った。

う、と息を呑《の》み、見開いた目を善衛門に向けた侍が、血が流れる手首を押さえて顔を歪《ゆが》め、怯《ひる》んで下がる。

その者には目もくれず、刀を斬り下げたままの善衛門は、他の二人を睨《にら》んでいる。

「おのれ！」

仲間を斬られて頭に血がのぼった侍が、猛然とかかってきた。

打ち下ろされる刀を左門字で払い上げた善衛門は、

「とう！」

返す刀で袈裟懸けに斬る。

紋付きの羽織《はおり》もろとも胸の薄皮を斬られた侍が絶句し、後ずさった。

「次は容赦《ようしゃ》せぬ」

善衛門が言うと、侍の切っ先は震えに震え、かたかたと音が鳴りそうである。

「おりゃぁ！」

善衛門が刀を振り上げると、侍は怖気づいて後ずさりした。

斬られた二人が、唇を噛《か》んで悔しがったが、

「退《ひ》け」

胸を押さえた侍が言い、逃げ去った。

善衛門は左門字を血振るいして納刀すると、長い息を吐いた。

女が呻《うめ》き声をあげたので駆け寄り、声をかけた。

「しっかりいたせ」

女は目を宙に泳がせて口を動かし、何かを言おうとしている。

「案ずるな。子は無事だ」

善衛門は傍らに立つ男児の手を引き寄せ、女の手に添えてやった。

女はすでに目が見えぬのか、男児の顔を探すようにして、必死に何か伝えようとした。

「なんじゃ、何が言いたい」

善衛門が耳を近づけたが、ぷっつりと糸が切れるように、息絶えてしまった。

男児は、物言わぬ女の胸にしがみ付き、頰《ほお》を濡《ぬ》らして必死に揺すっている。

逃げた侍が仲間を連れて引き返してくるやもしれぬと警戒した善衛門は、女にしがみ付く子の手を取り、雑木林から逃げた。

名も分からぬ村の道を歩き、町らしき明かりを遠くに見つけて急いだ。武家屋敷《やしき》の辻《つじ》に番所を見つけて駆け込み、中にいた役人に大声で言う。

「女が殺された。来てくれ」

役人たちは、それはおおごとだと言い、すぐに従った。

善衛門は役人たちを連れて、女の亡骸《なきがら》がある雑木林に戻った。

ところが、大木の根元にあるはずの亡骸が消えていた。息を吹き返し、助けを求めたのかと思ったが、血糊《ちのり》さえも消えている。

「旦那、狐《きつね》にでも化かされたんじゃないですかい」

役人が薄笑いを浮かべて言う。

「たわけ、この子が目の前で見ておるのだ。のう、坊主」

善衛門が言うと、男児はこくりとうなずき、善衛門の背後に隠れた。

「そうですかい。それじゃ、あたりを捜してみやしょう」

役人が渋々付近を歩いて回ったが、亡骸はついに見つからなかった。

二

「と、まあ、このような次第にございます」

夜も更けて四谷の屋敷に帰った善衛門は、信平に話して聞かせた。

燭台《しょくだい》に立てた蠟燭《ろうそく》のともし火が風にゆらぎ、ほのかに花の香りがする。

開けはなたれた障子《しょうじ》から見える庭を背にして座る善衛門の横に、助けられた男児がちんまりと座っていた。

白い狩衣《かりぎぬ》姿が珍しいのか、男児はうつむいているが、上目遣いに信平を見ている。

「さぞ、恐ろしかったであろう。ここにおれば、そなたが襲われることはない。安心するがよいぞ」

信平がそう声をかけて微笑《ほほえ》む。

男児は、じっと信平のことを見ていたが、畳に両手を揃《そろ》えてつき、頭を下げた。

廊下に控えていたお初《はつ》が、

「さ、向こうで何か食べましょうね」

男児に優しく声をかけ、手を引いて別室に連れて行った。

善衛門が信平ににじり寄って言う。

「殿、身なりから察しますに、あの子は武家の子、それも、身分がある家の子ではないかと」

「ふむ。麿《まろ》もそう思う」

信平は、気になっていたことを訊《き》いた。

「あの若子《わこ》は、声を失っておるようじゃな」

「お分かりになられましたか」

「麿に何か言おうとしたが、あきらめたように思えたのだ」

「さよう。それがしも帰り道で名前を訊きましたが、口を開けるのみで、すぐに沈んだ顔をします。字もまだ書けぬとあって、指で歳《とし》を教えてくれました」

「いくつじゃ」

「五つだそうです」

「その歳で、目の前で人が殺されるとは、哀れなことじゃ」

「まことに」

善衛門は、気の毒そうな面持ちを男児がいる部屋に向けて言う。

「この先が心配です」

信平も憂い、ぼそりと言う。

「大きなことに巻き込まれておるのやもしれぬ」

「すでに、八平《やへい》を町奉行所に走らせました」

「では、若子を引き渡すのか」

「それは、奉行所がなんと言いますやら」

「声を失っておるゆえ心配じゃ。一度、医者に診せたほうがよいと思うが」

「四谷には、光源《こうげん》と申す名医がおりますので、明日にでも手配をいたしましょう」

信平はうなずき、話題を変えた。

「して、佐吉はどうであった」

「おお、忘れており申した」

話そうとする善衛門の口を止め、酒でも飲みながら聞くと言った信平は、月見台に誘った。

善衛門は下女のおたせに酒肴の支度を命じ、月見台に向かった。

「あの者、ふふ、殿の家来になれると、大喜びでしたぞ。四谷で殿が戦《たたこ》うた時とは、別人のようでした」

「どのように」

「顔に似合わず心根が優しく、妻女を大事にしております。話してみれば、楽しき者にございます」

「さようか」

「それにしても、殿の家来になれるとは、まことに幸せ者。殿、いっそのこと、それがしも家来にしてくださらぬか」

「まさか」

善衛門は隠居の身とはいえ、家光公のおそばに仕えた直参《じきさん》旗本。信平が家来にできるわけはない。

苦笑いで応じる信平に、

「いや、ざれごとでござるよ」

言った善衛門が、淋《さみ》しそうな顔をした。

おたせとおつうが酒肴の膳《ぜん》を持ってくると、信平と善衛門の前に置き、酌《しゃく》をした。

善衛門に酒を注ぐおつうが、心配げな顔を向け、何か言いたそうにしている。

気付いた善衛門が問う。

「おつう、いかがした」

「大殿様がお連れになった子ですが、お初様が食事を与えても、何も食べないのでございます」

「何、それは困ったな」

「あんな小さな子が可哀《かわい》そうに、よっぽど恐ろしい目にあったのでございますね」

「うむ。よう見てやってくれ。お初にも、さよう伝えてくれ」

「はい」

下女たちには、雑木林でのことは伝えていない。

二人が下がると、信平は口に運びかけた盃《さかずき》を止め、膳に置いた。

「若子のこころに深い傷を負わすとは、許せぬ」

「まったくにござる」

「襲うたのは、何者であろうか」

「残念ながら、見当もつきませぬ。峰打ちに気絶させて、捕らえればよかったと後悔しております」

「相手は三人だ。傷を負わさねば、善衛門も若子も危うかったのではないか」

「それはそうですが、今思えばしくじりました。女の亡骸も、どのようにされておるか」

供養もせず捨てられているのではないかと案じる善衛門に、信平は酒をすすめた。

ため息をついて酒を飲む善衛門を横目に、

「おなごのみならず、若子も狙《ねろ》うての凶行であれば、このままではすむまいな」

信平はそう言うと、厳しい目を夜空に向けた。

この時、屋敷の門前から駆け去る怪しい影があったのを、信平たちが知る由《よし》もない。

三

翌朝になって、町方同心の五味正三《ごみしょうぞう》と、岡っ引きの金造《きんぞう》が屋敷を訪れた。

今の今まで、善衛門が八平に届けさせた書状にしたためた雑木林を調べていたという。

「もう、へとへとですぜ。なんせ、なぁんにも出ねぇのだから」

軽口をたたく金造の腕を引いた五味が、濡れ縁に腰かけて振り向き、信平と善衛門を順に見た。

「御隠居、ほんとに、女は死んだのですか？」

「わしが呆《ぼ》けておるとでも申すか」

「そうじゃないですがね、金造が言うとおり、何もないのですから」

血糊さえ、見つからないと言う。

「そんな馬鹿なことがあるか」

言い張る善衛門に金造が訊く。

「でも、昨夜も町の役人と調べたんでしょう」

「確かに調べたが、暗かったので見落としておるかもしれぬと思うたのだ。亡骸は賊が連れ去ったにしても、血糊がないはずはない」

「そうおっしゃってもですね、御隠居、ねぇものはねぇのですよ」

「うん、ないな」

相槌《あいづち》を打つ五味に、善衛門が怒りの目を向けて口をむにむにしている。

「おそらく、証拠を消したのであろう」

信平が言うと、五味が首をかしげた。

「知らせを受けてすぐに向かったのですから、御隠居がここへ戻る時間を足しても、二刻も経《た》っていないでしょう。そのあいだに、土に染み込んだ血の跡を消したと、信平殿はお考えで」

信平はうなずく。

「襲うたのは三人だが、仲間を連れて戻ればできぬことではない。隠す手間を思えば、曲者《くせもの》はおそらく、近くに住む者であろう」

「なぁるほど」

金造がぽんと手をたたいた。

五味が難しい顔となり、信平に言う。

「となると、やはり厄介ですよ。あのあたりは、旗本や大名の屋敷ばかりですからね。子供の顔を見せていただけます？」

「今はだめだ」

善衛門が、やっと眠ったのだと言い、漆塗りの衣装盆を引き寄せ、五味の前に差し出した。

「これが、身に着けていたものじゃ」

盆には、家紋入りの羽織に、白い柄の小太刀が入れられている。

「なるほど」

五味は、小さな口を尖《とが》らせて、ますます難しい顔をして言う。

「襲ったのも侍、襲われたのも身分がありそうな子供。これは、町奉行所の出る幕ではないですね」

「せめて子を、奉行所で引き取れぬか」

善衛門が訊くと、五味はかぶりを振った。

「男ばかりの奉行所で預かっても、子供が辛《つら》い思いをするだけですから、しかるべきところに、預かってもらうことになりましょう」

「それはどこじゃ」

「身寄りをなくした子供が預けられているところです。ただし、いるのは貧しい町の子ばかりで、そこも暮らし向きがいいとはいえませんから、このようにいい生地の着物を着ている子供が耐えられるかどうか、そこが心配ですな」

「では、このまま麿が預かろう」

信平が言うと、五味は明るい顔をした。

「そうしてくれます？」

「ふむ」

「ありがたい。武家らしき咎人《とがにん》に手出しはできなくても、子供の父親のことは奉行所でも捜してもらうよう頼んでみますから、それまで預かってください」

五味はそう言うと、町奉行所に帰った。

「咎人も探せというに」

善衛門が、武家に弱腰な五味の態度に不平を洩《も》らした。

目付の役目であるため仕方がないことだが、このままでは、殺された女が浮かばれぬと思っているのだろう。

ぶつぶつと小言《こごと》をいう善衛門に、信平が顔を向けた。

「麿も、その雑木林におもむいてみよう」

「はは。ですが殿、その前に医者を呼びとうございます。子が心配ですからな。近くですので、すぐに戻ります」

「では、待とう」

善衛門は頭を下げると、医者を呼びに出かけた。

四半刻《はんとき》（約三十分）もしないうちに、善衛門は医者を連れて戻った。

齢《よわい》五十五の光源は、無毛の頭を信平に下げると、善衛門に連れられて、子供が眠る部屋に入った。

信平も共に行くと、子供のそばに座った光源は、まず脈をとり、続いて夜着をめくり、胸を診《み》た。

昨夜から面倒を看ているお初が、心配そうに見守っている。

食事は摂《と》っているかと光源に訊かれて、

「それが、何も」

お初が答えると、光源は険《けわ》しい顔をした。

身体《からだ》を触られたことで、子供が目をさまして薄目を開けた。

「これ、起きてみよ」

光源が優しく声をかけると、子供は光源に目を向け、ゆっくりと半身を起こした。

「どこか、苦しいところはあるか」

光源の問いに、子供は首を横に振った。

「腹は、痛《いと》うないか」

子供がうなずくのを見て、光源が下唇に触れた。

「口を開けて、舌を出しておくれ」

自らべぇっと舌を出して見せると、子供もならった。

光源はうなずき、

「声が出せるかな」

訊くと、子供が声を出そうとしたが、出るのは息だけ。喉を押さえたが、どうしても出ないらしく、悲しげにうつむく。

「そう悲しまずともよい。しっかりご飯を食べれば、いずれ出るようになるからの」

光源は頭をなでてやり、少しでも食べなくてはだめだと念を押して、信平と善衛門に目配せをした。

信平が応じて別室に行くと、光源が布で手を拭きながら、難しげな顔で問う。

「何か、恐ろしいことに遭いませなんだか」

ずばりと言われ、善衛門が昨日のことを話すと、なるほど、と光源が納得した。

おたせが出した茶をすすり、

「なんとも惨《むご》いことを」

深い息をすると、善衛門に顔を上げて言う。

「共にいたおなごが母御かは、分からぬのですか」

「今のところ分かっておらぬ」

「どちらにせよ、共にいたおなごが目の前で殺された衝撃で、こころに傷を負ってしまい、声を失ったのでしょう」

「治るのか」

善衛門が訊くと、光源は難しい顔をして言う。

「時が、かかるやもしれませぬな」

「早く治すには、いかがすればよいのだ」

「心穏やかに過ごさせてやるのが一番の薬。父親か兄弟、とにかく、あの子にとって安心できる者に会えば、声が出るやもしれませぬ」

善衛門はうなずいた。

「さようか」

「では、わたくしはこれで」

光源が信平と善衛門に頭を下げ、部屋から出ていった。

膝を転じた善衛門が、信平に言う。

「では殿、出かけますかな」

「まいろう」

信平は立ち上がり、宝刀孤丸《きつねまる》を腰に下げた。

玄関に向かい、外に出ようとしたところ、門番の八平に連れられてくる者がいた。

「や、佐吉ではないか」

善衛門が言うと、こちらに気付いた佐吉が表情を明るくして、急ぎ歩み寄った。

「殿、江島佐吉、ただいま参上つかまつりました」

髭面《ひげづら》の大男が両の拳をにぎり締め、茶筅髪《ちやせん》の頭を下げる姿は、まさに戦国武将を思わせる。

短袖《たんしゅう》の麻の着物に、裾をくった白い踏込袴《ふんごみはかま》を着けた姿でやってきた佐吉に、善衛門が目を丸くした。

「これ佐吉、支度をしてから出仕いたせと申したであろうが」

「はあ？　これではいけませぬか」

佐吉は、大太刀と小太刀の柄をぽんとたたいて見せた。

「大小のことではない。着物のことじゃ。それではまるで修行僧ではないか。紋付きの着物と、ほれ、わしのような並の袴を着けぬか」

「これでは、いけませぬのか」

納得できぬ様子でふたたび言う佐吉に、善衛門は、狩衣をやめようとしない信平にも聞かせるように言う。

「紋付き袴は、武家の習いじゃ」

佐吉が、しまったという顔をして、己の形《なり》を見ている。

「新しく求めた物か」

信平が訊くと、佐吉が照れた。

「これは、妻がこの日のために、縫ってくれた物でござるよ」

「ならばよい」

「殿、何を仰せか」

「せっかくお内儀が作ったのだ。紋を付ければよいではないか」

「そ、それはそうですが」

「さすが殿、おこころが広い」

顔を背けて息を吐き捨てた善衛門が、

「まるで義経《よしつね》と弁慶じゃ」

聞こえぬようにぼやいた。

佐吉が訊いた。

「殿、どちらかにお出かけでございますか」

「ふむ。ちと、用がある」

「では、それがしもお供を」

張り切る佐吉だが、

「いや、そちにはこの屋敷を警固してもらいたい」

信平が言うと、佐吉の目つきが険しくなった。

「誰かに狙われておりますのか」

勇んで大太刀を引き抜かんとする血の気の多さに、善衛門が己の額をたたいてため息をついた。

信平が佐吉に言う。

「麿のそばに仕えてくれるお初と申す者が、今幼子の面倒を看ている。その子を狙う輩がおるゆえ、留守を頼む」

出仕した途端に屋敷の警固をまかされるとは尋常ではないが、大切な役目を仰せつかったと、佐吉は目を輝かせた。

「御意《ぎょい》。それがしにおまかせを」

「うむ、結構結構。励めよ、佐吉」

善衛門が偉そうに言うが、佐吉の剣の腕を知るだけに、頼もしげでもある。

「はは！」

張り切った佐吉は、玄関の前に仁王立ちした。

八平が来客を告げたのは、その時だ。門の外に、目通りを願う二人の侍を待たせていると言う。

「名を申したか」

善衛門が訊くと、八平が申しわけなさそうな顔をした。

「名前は、殿にお目通りした時に名乗ると申しております」

「無礼な。追い返せ」

「それが、子供のことで確かめたいことがあると申しております」

「なんじゃと」

善衛門が目を丸くして、信平を見た。

立ち話をすることではないと思う信平は、善衛門にうなずく。

「書院《しょいん》の間で会おう。佐吉、そちもまいれ」

「御意！」

信平は、大声で応じる佐吉に微笑み、玄関に戻った。

四

書院の間は、見事な水墨画の襖《ふすま》が武家屋敷としての風格を高めている。

上座に信平が座り、右側の下座に善衛門、廊下には佐吉と、訪問した侍の従者が控えている。

信平の正面に座した侍は、畳に手をつき、突然訪れた無礼を詫《わ》びて頭を下げた。

「それがし、相模国高座《さがみのくにこうざ》藩馬廻り役、久世義道《くぜよしみち》と申します」

「ふむ、鷹司松平信平じゃ」

呑気《のんき》そうに返事をして笑みを浮かべる前将軍家光公の義弟に対し、久世はさらに頭を下げた。

「面《おもて》を上げられよ、久世殿」

「はは」

顔を上げるのを待って、信平は訊く。

「高座藩のお方が、麿に何用か」

「は、実は我ら、行方知れずの若君を捜しております」

「ほう、若君をな」

信平と善衛門は、目を下げている久世の前で顔を見合わせた。

善衛門は、助けた男児のことだと思ったらしく、信平にうなずいて見せる。

信平は、久世に目を戻した。

「それで、何ゆえ我が屋敷にまいられたか」

「町奉行所の者から、大久保《おおくぼ》村の雑木林で賊に襲われた男児の親を捜していると聞き、もしやと思い問い合わせたところ、こちら様を紹介されたものですから、馳《は》せ参じました」

「襲われたとは、穏やかでないな。して、若君とは」

「藩主、間部《まべ》若狭守《わかさのかみ》が嫡男、彦丸《ひこまる》君にございます」

「なんと」

善衛門が目を丸くした。

それを見て、久世も驚いた顔をした。

「名が、違いますか」

「それが、名が分からぬのだ」

善衛門は、男児が目の前で人が斬られた衝撃で声を失っていることと、五歳であることしか分かっていないと告げた。

久世は目を伏せて考えていたが、信平に顔を上げて言う。

「もしも助けられたのが若君でありましたら、斬られたのは母親ではなく、乳母にございます」

「さようか。しかし、乳母であれば、まことの母も同然。目の前で斬られて、心に傷を負ったのであろう」

信平は男児のことを哀れに思って目を閉じ、久世に訊く。

「彦丸君は、いくつじゃ」

「今年で五歳になられました」

「ふむ、歳は同じであるな」

「若君かどうか、この目で確かめさせていただけませぬか」

久世は、深々と頭を下げた。

信平が善衛門に、会わせてやるよう目顔で伝えると、

「今、お連れいたす」

善衛門が奥の間に向かい、お初に細々《こまごま》としたことを告げて男児の手を引くと、書院の間に戻った。

顔を見るなり、久世は目に涙を浮かべて、男児の前ににじり寄る。

「若君様、ようご無事で。よう、ご無事で」

手をにぎって嬉《うれ》し涙を流す久世に対し、男児は齢四十前後の顔に覚えがないのか、無表情で見ている。

その様子を見た善衛門が男児の前に座り、

「そなたの父上は、高座藩主、間部若狭守信民《のぶたみ》侯なのか」

優しい口調で問うと、男児は首をかしげた。

「では、そなたの名は、彦丸か」

今度は、こくりとうなずいた。

「久世殿、母君の名前を」

信平が促すと、久世が慌てたように口を開いた。

「ご生母は、奥方の美代《みよ》様です」

「これ、母の名は美代殿と申すのか」

善衛門が優しく訊くと、男児はまた、こくりとうなずく。

久世が安堵《あんど》し、信平に頭を下げた。

「お助けくださり、ありがとうございました」

「若君、母のもとへ帰れますぞ、ようございましたな」

善衛門が喜んでそう言うと、彦丸が善衛門の背中に回り、袖をつかんだ。

「これこれ、いかがされた。母に会えるのですぞ」

手を放そうとすると、彦丸は背中にしがみ付く。

善衛門は久世を見て言う。

「怯《おび》えておられるが、どうしたことか」

久世は苦笑いをした。

「それがしごときの顔を覚えてらっしゃらないのです」

そう言って居住まいを正し、信平に平身低頭した。

「将軍家と近しい鷹司様にお助けいただいたのも、何かの御縁。おりいって、お願いしたきことがございます」

何か深い事情を察した信平は、小さな息を吐くと、久世に面を上げさせ、その目を見た。

「麿にできることかどうか、話してみられよ」

久世は懇願する面持ちで言う。

「若君を、しばらく預かっていただけませぬか」

信平は驚いたが、顔には出さず、久世の真意を探る。

「返答をする前に、理由を聞かせていただこうか」

「はは」

久世は、彦丸のことをちらりと見て、気にする様子を見せた。聞かせたくないのだ。

「お初、若君を頼む」

信平が声をかけると、廊下からお初が入り、

「若君、あちらでお菓子を食べましょう」

手を差し伸べると、彦丸は素直に言うことを聞いて善衛門の背中から離れた。

お初に手を引かれて出ていく彦丸に頭を下げて見送った久世が、信平に居住まいを正して言う。

「お願いをする身でありながら、甚だ勝手ではございますが、これより述べることは藩の未来に関わることですので、何とぞ、他言無用に願いまする」

「分かった」

信平が承知すると、善衛門も約束した。佐吉は、いつの間にか姿が見えぬ所に移動して、障子に影のみを映している。

そんな中、黙って座る従者は己の存在を薄くしているが、いざという時は脇差しを抜き払い、ここにいる者を消し去らんとする不気味さを匂わせていた。

久世は厳しい目を信平に向け、隙のない身構えで話しはじめた。

「我が藩では、お世継ぎをめぐり争いが起きております。嫡男であられます彦丸君が世継ぎの本筋にございますが、国許《くにもと》におられるご側室《そくしつ》がお産みになられた若君をお世継ぎに推《お》す者がおり、彦丸君の命を狙うております」

「つまり、江戸と国許の争いになっていると」

信平が訊くと、彦丸を推す江戸家老派と、側室の子である弥九郎《やくろう》を推す国家老派に分かれて争っていると、久世が答えた。

「藩侯は、争いを知らぬのか」

「知っておられます」

「争いを収められぬとなると、藩としてはまずいのではないか」

「ごもっともにございます」

「藩侯は、世継ぎのことは何も申されぬのか」

信平の問いに、久世は答えるのを躊躇ったようだが、ぼそりと言う。

「どちらにするか、お悩みのようです」

「どちらのお子も、同じように可愛いということか」

「いえ、そうではないのです」

うつむいてその先を言わぬ久世の様子をじっと見ていた善衛門が、口を挟む。

「腹を痛めて産んだ子を世継ぎに望む母心の板挟み。ということか」

暗に、正室と側室のあいだに争いがあるのではないかと言う善衛門に、久世は顔を向けた。

将軍のそばに仕えていた善衛門が遠慮なく続ける。

「藩侯は、双方によい顔をしておられるのだろう」

久世が困った顔のまま笑みを浮かべた。

「お二方とも、ご気性が激しいものですから」

「まあ、男というものは女に弱い。まして気性が激しいのであれば、尻に敷かれるのは、いたしかたのないこと。しかし、家来の争いまで起きておるのに決断せぬとは情けないことじゃ」

善衛門が鼻息を荒くすると、久世は辛そうな顔をして、返す言葉もない様子。

信平が訊く。

「前から、命を狙う争いがあったのか」

久世が信平に向けた表情を引き締めた。

「いえ、此度《こたび》が初めてです。先日、殿が国許へ戻られたのですが、それをよい折とばかりに国家老が動き、江戸の屋敷が手薄となった隙に、彦丸君の命を狙うてきたのです。屋敷で仕える者の中に刺客が紛れていることを知られた江戸家老が、乳母に命じて彦丸君を密《ひそ》かに逃がしたのですが、潜伏先が見つかってしまい、別の場所に逃げているところを襲われたのです」

善衛門が、それは妙だと言った。

「あの時、刺客の他に人はいなかった。襲われたことを、どうして知ったのだ」

あからさまに疑いの目を向ける善衛門に対し、久世は目を見て答えた。

「襲撃を知ったのは、御家老が用意されていた隠れ家の者からの知らせにございます。我らが向かった時には、乳母の亡骸のみが横たわっておりました」

「では、亡骸はそなたらが連れて行ったのか」

「はい」

「争いの証《あかし》を消したのも、そなたらか」

久世はうなずく。

「御家のいざこざゆえ、御公儀に知られぬようにしました」

「では、何ゆえ我らに真相を明かすのだ」

善衛門の疑問に、久世は信平に顔を向けて答える。

「若君をお預かりいただくためには、隠しごとはできぬと思うたからです」

善衛門が問う。

「このことは、江戸家老殿も承知しているのか」

「四谷の弁慶を家来にされた鷹司様ならば、きっとお助けくださるはずだと申されました」

佐吉が障子の陰から顔を出してきた。

善衛門が驚いて言う。

「噂《うわさ》になっているのか」

「当家の留守居役が、蘇鉄《そてつ》の間で耳にいたしました」

そこは、諸藩の江戸留守居役が詰める本丸御殿の一室で、あらゆる情報が飛び交っている。

納得した善衛門は、信平にうかがいを立てた。刺客に狙われる彦丸を預かるとなると、この屋敷を襲ってくる危うさがあり、厄介なことになりかねぬ。

信平は、どうするか迷った。彦丸は助けたいが、久世が言うことを鵜呑《うの》みにしてよいものかと、考えていたのだ。

決めかねる信平を見ていた久世が、善衛門に顔を向けた。

「乳母は、どのような最期でございましたか」

善衛門は、雑木林で見たことを包み隠さず話した。

黙って聞いていた久世は、ぽろぽろと涙を流しはじめ、憤りに身を震わせている。

「立派に、若君を守られたぞ」

「まことに。葉山様には、殿に代わって、お礼申し上げまする」

久世が、廊下に控えている供の者に目配せをすると、若い侍が応じて座敷《ざしき》に進み入り、紺の布で包んだ物を渡した。

受け取った久世が、

「これを、お納めください」

信平の前に差し出した。

「それは、何か」

信平が訊くと、包みを開いて見せた。

小判が二百両はあろうか。

信平は、久世を見た。

「口止め料か」

「いえ、若君の命を助けていただいたお礼にございます。このまま預かっていただき、騒動が無事に収まりしあかつきには、さらに三百両お支払い申す」

「麿は、万屋《よろずや》か」

機嫌をそこねた信平に、久世が目を丸くした。

「こ、これはご無礼を、そのようなつもりでは」

慌てて小判を引き戻そうとしたのを、善衛門が止めた。

「まあ、待ちなさい」

「え？」

「そのまま、そのまま」

善衛門は薄い笑みを浮かべて言い、信平に問う。

「殿、彦丸君を預からぬおつもりか」

信平に、幼い子供を危ない目に遭わせることなどできるはずもない。

善衛門は、そういう目顔をしている。

「預かろう」

信平がそう答えると、善衛門は満足そうな顔をして久世に言う。

「久世殿、聞いてのとおりだ。この金は、若君をお守りする軍資金として、預かり申す。殿、よいですな」

善衛門の目顔が、台所事情が厳しいのが分かっているのか、と言っている。

信平は無視をして久世に言う。

「気遣いも、遠慮もいらぬ。子のことは心配せぬよう、帰って伝えるがよい」

善衛門は口をむにむにとやったが、小判を包んで久世に押し返した。

恐縮して引き取ろうとした久世であるが、善衛門は包みから手を離さぬ。

「善衛門」

信平に言われて、善衛門は物欲しそうな面持ちで手を離した。


「よう眠っておるな」

善衛門は、布団で昼寝をする彦丸の顔をそっと覗《のぞ》き込《こ》み、目尻を下げている。

「やっと落ち着いたのでしょう。お粥《かゆ》も食べてくれましたから」

そばに座るお初がそう言い、笑みを含んだ目を向けている。

「わしは子がおらなんだからよう分からぬが、我が子が命を狙われておるのに、見て見ぬふりをする父親のこころの中は、どうなっておるのかの」

「我が子より、板挟みになって苦しい己の身が可愛いのでしょう。そのような男、世の中には大勢いますよ」

お初が、押し殺した声で機嫌悪く言う。

善衛門は口をむにむにとやり、

「情けないことじゃ」

ため息をついた。

「お初」

「はい」

「この子に免じて、先ほど聞いたことは豊後守《ぶんごのかみ》様のお耳に入れずにおってくれ。わしも、上様のお耳に入れぬ」

「報告するもなにも、わたしは信平様のことのみしか仰せつかっていませんから」

つんとして言うお初に、善衛門は安堵した笑みでうなずく。

「ずっと世話をして疲れたであろう。わしが見ておるから、休んでくれ」

「そういう意味では」

「分かっておる。昨夜から寝ておらぬのだろう。目の下にほれ、くまができておるぞ」

慌てて目の下を触ったお初を冗談だとからかいつつ、善衛門は守《も》りを代わった。

五

「そうか、信平様は受けてくれたか」

藩邸に戻った久世から報告を受けた江戸家老の坂本《さかもと》は、安堵の息を吐いた。

久世が言う。

「信平様の手の者に助けられるとは、若君は運がよろしいですな」

「まだ安心するのは早い。国家老がどう出るか、目を光らせておけ」

「はは」

「しかし、金を受け取らぬとは、いかがしたことかの」

「側近の者は受け取ろうとしたのですが、結局は、信平様の考えに従いました」

坂本は笑った。

「欲がないのは、若さゆえか」

「お人柄も穏やかで、なんと申しますか、武家とは違う気品がおありの御仁でございました」

「手垢《てあか》で汚れた小判が、似合わぬと申すか」

「いかにも。金勘定をなさる姿が、想像できませぬ」

「ふっふっふ、わしとは、大違いか」

久世がはっとした。

「いえ、そのような――」

言葉を詰まらせるのを睨む坂本が、身を乗り出して問う。

「屋敷の守りはどうであった。若君を守れそうか」

「公家の信平様はともかく、側近の二人、特に若いほうは、体軀《たいく》も人なみはずれて大きく、かなりの遣い手かと」

「雑木林で刺客を追い払った者よりか」

「はい。おそらくその若者が、あの四谷の弁慶と見ました」

「なるほど、それは、頼もしい限りじゃ。信平様を頼ったわしの考えは、間違いではなかったの」

「お見事にございます」

坂本が帯から扇子を引き抜き、左手に打ち付けた。

「後は、国家老がどう動くかだ。くれぐれも、油断するでないぞ」

「御意」

深々と頭を下げた久世が、障子を開けて廊下に出たところで人に気付き、膝をついて頭を下げた。

その頭の前に立ったのは、友禅の雅《みやび》な打掛けを着けた、美しい女だ。

「これはこれは、奥方様。わざわざお越しいただかなくとも、呼んでくだされればこちらからまいりましたものを」

恐縮する坂本に、よいのです、と答えた美代は、いてもたってもおれぬ様子で口を開いた。

「坂本、彦丸はまだ見つからぬのですか」

顔を上げた坂本は、美代の背後にいる侍女をちらと見て、申しわけなさそうな顔をして言う。

「方々を捜させておりますが、未《いま》だに。大きな声では申せませぬが、国家老の手の者が、いずこかへ連れ去ったと思われますゆえ、下手に動けば、若君のお命が危のうございます」

美代は酷《ひど》く動揺した。

「なんとかならぬのですか」

「すでに、殿のもとへ早馬を向かわせております。この事態を殿がお知りになれば、必ずや、大悪党の国家老を成敗し、若君を取り戻してくださりましょう」

美代は肩を落とした。

「側室のいいなりになっている殿が、国家老を成敗するわけがない」

「しかし、彦丸君は当家の嫡男。いかに殿とて、見捨てたりなどされませぬ」

「そのような気休めは無用じゃ。すぐに彦丸を捜し出して、連れ戻せ」

「はは」

「彦丸の身に何かあれば、わらわも生きておらぬ」

「奥方様、そのようなこと――」

「偽りではありませぬ。そなたも許さぬ」

彦丸を藩邸の外へ逃がすことを考案した坂本を脅すように言うと、美代は奥向きへ帰った。

その後ろ姿を見送った久世が、坂本に寄る。

「御家老、奥方様には、まことのことをお伝えになられてもよろしいのでは」

「たわけ。国家老の手の者がどこに潜んでおるか分からぬのに、信平様の屋敷に匿《かくま》っておることなど、言えるはずなかろう」

「御家老、声が大きゅうございます」

廊下に通じる障子の角を見据えた坂本は、

「おお、そうであったな」

白々《しらじら》しく言い、呑気に笑った。

たった今、坂本の部屋から離れた侍女が廊下を走り、あたりを警戒しながら裏庭に下りると、木立の中に消えた。

女は程なく出てきて、注意深く目を配りながら庭を歩み、奥向きに通じる廊下へと飛び上がった。

その頃、藩邸裏の土塀の下にいた町人風の男は、石つぶてに巻かれた文を袖に滑り込ませると、人気《ひとけ》のない道を、何くわぬ顔で歩み去ろうとした。その行く手にある武家屋敷の土塀の角から、つと人影が現れた。羽織袴を着けた侍は、信平の屋敷に来ていた久世の従者だ。昼間の顔とはうって変わった人相となっており、目つきは人斬りそのもの。

町人風の男は会釈をして通り過ぎようとしたが、いきなり抜刀した侍の刃をかわすため、飛びすさった。

「その身のこなし、やはり町人ではないな」

久世の従者はそう言い、刀を脇構えに転じると、じりじりと間合いを詰めた。

町人姿の怪しい男は、懐《ふところ》から匕首《あいくち》を抜き、腰を低くして身構える。

久世の従者が言う。

「袖に納めた物を渡せば、命は助けてやる」

町人の男は不敵に笑い、匕首の切っ先を向けて猛然と迫る。

「馬鹿め」

久世の従者が、脇構えから相手の左腹を狙って斬り上げる。

男はその刹那《せつな》に地を蹴って飛び上がり、久世の従者の頭上で宙返りをした。

久世の従者は、背後に下りた男に振り向きざまに、刀を右手で一閃《いっせん》した。

男は振り向きもせず走り去る。

「待て！」

久世の従者は叫んで追ったが、土塀の角を曲がった先に、男の姿は見えない。闇に溶け込む色合いの着物を着けていたため、見えないのだ。

立ち止まって耳を澄ませば、微《かす》かに足音がする。

久世の従者は追って走ったが、見つけることはできなかった。

舌打ちをして戻った久世の従者は、藩邸の表側に回り、灯籠《とうろう》の明かりに刀を照らした。刃には、血が付いている。

久世の従者はにやりとして、門に向かって声をあげる。

「誰かおらぬか！」

番所の障子が開けられ、小者が顔を出した。久世の従者がいることに驚いた顔をして、どうされたのかと言う。

「曲者を追う。明かりを持ってこい」

血振るいをして納刀するのを見て、目を丸くした小者が、

「はは、ただいま」

慌てて障子を閉め、人を呼んだ。

高座藩の藩邸が騒がしくなった頃、逃げた男は左の腰を押さえ、麻布《あざぶ》の神社に逃げ込んだ。

待っていたかのごとく拝殿の扉が開けられ、中から侍が駆け出た。

「おい、斬られたのか」

「三浦《みうら》さん、こ、ここに、若君の居場所が」

文を渡すのと、倒れ込むのが同時だった。

身体を受け止めた三浦が、腕に抱いてしっかりいたせと声をかけたが、左の腹から出る血の量が多い。

男は、役目を果たして安堵したのか、三浦を見て表情に力を失い、そのまま息絶えてしまった。

三浦は、文に書かれている鷹司松平信平という名前に目を見開いた。そして、骸《むくろ》と

なって横たわる男に悲しげな顔を向け、手を合わせた。

「ようやった。おぬしの命、無駄にはせぬぞ」

「急げ！」

突然した声に顔を向けると、神社の鳥居を潜る明かりがある。

三浦は仲間の骸を置き去りにして、闇の中に消えた。

翌日、三浦の姿は、四谷にあった。強い意志を込めた目を向ける三十過ぎの男の前にあるのは、信平の屋敷だ。

六

「殿、高座藩の者がまいりましたぞ」

善衛門が呼びに来た時、信平は狐丸の手入れをしていた。

隣の屋敷からのものだろう、小刻みな調子で、庭木の枝を切るはさみの音が聞こえる。

信平は、はさみの音を聞きながら、来訪者に思いをめぐらせた。

昨日の今日だ。藩の揉《も》めごとが落着したとは思えぬ信平は、善衛門の後ろにいる彦丸に目を向けた。

「案ずるな。怖い目には遭わせぬぞ」

彦丸がこくりとうなずく。

善衛門が彦丸を抱き上げ、信平に言う。

「朝餉《あさげ》を食べて、気分は落ち着いておりましたが、先ほど高座藩の者が来訪したと聞いた途端に顔を青ざめさせて、それがしから離れぬのです」

幼き子供に辛い思いをさせる者どもに、信平は憤りを覚えた。

その気持ちを察したのか、善衛門が来訪者に会うかと訊いてきた。

「すぐにまいろう」

信平が言うと、善衛門が同座すると言い、彦丸を下ろした。

「これ、爺《じい》は殿と用があるゆえ、お初のところに行っていなさい」

いつの間にやら爺となっており、孫を賺《すか》すような口調で言う。

彦丸も素直に応じて、廊下に控えているお初のもとへ歩み寄った。

信平が書院の間に入ると、上座に向かって座っていた侍が頭を下げた。

善衛門が信平の右前に座り、庭に現れた佐吉が、信平を守るべく濡れ縁に控えた。

真新しい紋付きを羽織る侍は、頭を下げたまま名乗る。

「突然のご無礼をお許しください。それがし、高座藩士、三浦忠左衛門《ちゅうざえもん》にございます」

「松平信平じゃ」

「ご尊顔を拝し、恐悦至極《きょうえつしごく》にございます」

「面を上げられよ」

「はは」

顔を上げた三浦は、目を信平に上げることなく言う。

「本日は、高座藩国家老、上木《うえき》興勝《おきかつ》の名代《みょうだい》としてまかりこしました」

国家老と聞き、善衛門が尻を浮かせた。

三浦は横目に善衛門を見たが動じず、

「本来は家老自らまかりこすのが筋ではござりまするが、相模国におりますうえに、此度のことが火急のことなれば、ご無礼をお許しください」

縷々《るる》述べる三浦を見据えた信平は、落ち着いた声で訊いた。

「して、御用のむきは」

三浦は、信平に鋭い目を向けた。

「江戸家老がお預けした、彦丸君をお渡し願いとうございます」

信平が口を開こうとしたのに声を被《かぶ》せ、

「彦丸君は我が藩の大切なお世継ぎ。すぐに返していただきたい」

強い態度で迫った。

「ぶ、無礼であろう！」

怒鳴る善衛門を目顔で制した信平は、涼しげな顔を三浦に向けた。

「大切と申されるが、ここより連れ帰った途端に、彦丸君の命を奪うつもりではござらぬか」

「何を申される！」

声を荒らげた三浦は、はっとして目を丸くし、

「い、いや、これは、失礼を」

居住まいを正して、信平を見据えた。

「江戸家老から何を聞かされておられるか存じませぬが、国家老が彦丸君の命を狙うているなどとは真っ赤な嘘《うそ》。彦丸君を亡き者にせんとたくらむのは、江戸家老のほうにございます」

「それは妙な話ですぞ、三浦殿」

善衛門が口を挟んだ。

「彦丸君の命を狙う者が、預かってくれと頼むはずがなかろう」

三浦は善衛門を見て言う。

「そこが、江戸家老の狡猾《こうかつ》なところなのです。国家老が命を狙うていると見せかけて、彦丸君暗殺の罪を被せる気なのです」

「では、雑木林で彦丸君と乳母を襲うたのは、江戸家老の手の者と申すか」

善衛門が訊くと、三浦が鋭い目をして言った。

「あれは、我らの手の者です」

善衛門は驚き、怒りに口をむにむにとやる。

「ではやはり、国家老が狙うたのではないか」

「勘違いされては困ります。あれは、江戸家老が彦丸君を屋敷の外で暗殺せんとたくらみ、己の息がかかった乳母に命じて連れ出したのです。そうと知った我らが隠れ家を突き止め、奪い返そうとしたところを、貴殿に邪魔されたのです」

「なっ――」

愕然《がくぜん》としている善衛門に代わって信平が言う。

「国家老と江戸家老。双方の言い分が違うゆえ、にわかには信じられぬ」

三浦が焦りを浮かべる。

「では、お返しいただけぬとおっしゃいますか」

「命を狙う者がおるからには、そなたが申すことを鵜呑みにして渡すことはできぬ。返してほしければ、藩侯自らまいられるがよい」

「そ、それは困りました。殿はただいま国許におりますから、来られませぬ」

「では、江戸に戻られるまで麿が預かろう」

三浦は両手をついた。

「若君を案じてくださる信平様のお気持ちは嬉しゅうございます。されど、それでは当家の面目が立ちませぬ。どうか、それがしを信じていただきとうございます」

信平の頭の中には、脅《おび》えた彦丸の顔が浮かんでいた。

「悪いが、渡せぬ」

「どうあっても」

「あきらめられよ」

三浦は、思いあまった様子で脇差しを引き抜き、

「ならば、我が命をもって信じていただき申す」

ごめん、と豪語し、切っ先を腹に向けたが、刃物がぴくりとも動かない。

三浦が抜刀すると同時に、信平を守らんとした佐吉が後ろから迫り、羽交い締めに

したのだ。

どこをどうしたのか、瞬きをする間に刃物を奪った佐吉は、信平に笑みでうなずくと、悠然と元の場所に戻った。

その怪力ぶりに、善衛門が目を見張っている。

信平は、畳に両手をついてうな垂れる三浦に目を向けた。

「そなたがここで命を絶ったとしても、彦丸君を渡すわけにはまいらぬ。先ほど述べたことがまことであるなら、文を書くゆえ、藩侯に届けられよ。国家老を江戸に遣わされ、江戸家老と二人で、迎えに来られるがよい」

躊躇《ためら》う三浦に、善衛門が言う。

「三浦殿、できぬのか」

「正直に申しますと、殿は御側室のいいなりでございますから、国家老を江戸に来させるとは思えませせぬ」

「それは、御正室の子である彦丸君を助けることを、御側室がさせぬという意味か」

「はい」

三浦はうなずいたが、信平は、にわかには信じない。

「藩侯が動かぬ時は、その時じゃ」

信平はそう言い、佐吉に筆と紙の支度をさせ、文をしたためにかかった。

書き終える頃には、三浦も落ち着きを取り戻しており、騒がせたことを詫びた。

筆を止めた信平は、三浦に顔を上げる。

「ひとつ、訊きたいことがある」

「はい」

「江戸家老と国許の御側室は、何か繋《つな》がりがおありか」

三浦が、解《げ》せぬ顔つきをした。

「と、おっしゃいますと」

「江戸家老が彦丸君の廃嫡を狙う理由は何かと、思うたまで」

「おそらく、江戸屋敷の奥向きと不仲であることが原因かと。御側室は江戸の者を嫌《きろ》うておられますから、繋がりは疑うておりませぬ」

「江戸家老は、同じ屋敷に暮らす御正室とも不仲なのか」

「奥方様はご気性が激しく、また、江戸家老も引かぬ気性でございますので、何かとぶつかり合うことが多いようです」

「なるほど。それで彦丸君の命を狙い、御側室がお産みになられた若君を世継ぎにしようとしているのか」

「我らはそう睨んでおります」

「あい分かった」

信平はふたたび筆を走らせた。

「これを、藩侯にお渡し願おう」

文を差し出すと、三浦は初め戸惑ったが、

「かしこまりました」

受け取った文を懐に納め、帰っていった。

佐吉が案内するのを見送った善衛門が、膝を転じて信平に訊く。

「殿、どう思われます」

「うむ？」

「今の者、嘘を申しておるようには見えませなんだが」

「されど、久世殿も、嘘を申しておるとは思えなかった」

「確かに」

善衛門は渋い顔で腕組みをした。

「どうしたものですかな」

「若狭守殿に文が届けば、彦丸君をお救いになろう」

「しかし、側室のいいなりになっておるような殿様ですぞ」

「迎えが来ぬ時は、高座藩の御家騒動を上様に鎮《しず》めていただく他あるまい」

「それでは、藩が取り潰しになるやもしれませぬぞ」

「我が子を救えぬような者に、国は治められぬ」

常に弱き民のことを思う信平の言葉に、善衛門は納得した。

「その時は、それがしが上様に言上《ごんじょう》つかまつる」

「頼む」

信平は立ち上がった。

「殿、どちらへまいられます」

「どうも、背筋がざわつくゆえ、外の様子を見てくる」

「では、それがしも」

「いや、彦丸君のそばにいてやるがよい」

「はは」

信平は、戻った佐吉と善衛門に細々としたことを告げると、廊下を歩み、自分の部屋に向かった。途中、庭の先に目を向け、隣家の木を見上げた。

植木職人が梯子《はしご》に上がり、調子よく枝を整えている。

信平に見られていることに気付いた職人が、軽く会釈をした。

信平は自分の部屋に入り、狐丸を取ると、裏から外に出た。

人気のない路地を歩み、大回りをして表に進むと、他家の土塀の角から、そっと様子をうかがった。

武家屋敷が並ぶ通りの一角に、お堀を背にして建つ辻番屋がある。その辻番屋と並ぶように水茶屋があるのだが、四人の客が、長床几《ながしょうぎ》に座って休んでいた。

信平の屋敷の潜り門から、佐吉が出てきた。

四人の客は見向きもせずに、話に花を咲かせ、あるいは、だんごに手を伸ばしている。

大太刀を肩にかけて外の様子をうかがった佐吉が、背を返して屋敷に入った。

その背中を見送る者は、信平が見る限りでは誰もいない。

見張られている気配を覚えたが、気のせいであったか――

信平はそう思い、屋敷に戻ろうとしたのだが、隣の潜り門が開いたので歩みを止めた。

先ほどの植木職人が仕事を終えて出てきて、門番に頭を下げて帰途についたのだが、茶屋にいた男がそれに合わせるように腰を上げ、職人とすれ違った。

そして、すれ違いざまに職人から何かを受け取ったのを、信平は見逃さなかった。

七

この日の夜、高座藩江戸家老坂本詮房《あきふさ》は、側近に呼ばれて藩邸の離れ屋に足を運んだ。

窓がない石の壁に囲まれた部屋に入ると、蠟燭の明かりの中、女が仰向けに倒れ、息絶えていた。

矢絣《やがすり》の着物も乱れ、口から血を流している女は、正室、美代の侍女である。

三浦の手の者に彦丸の居所を知らせたのは、この侍女だ。

役目を終えて、奥向きに戻ろうとしたところを坂本の配下に捕らえられ、拷問にかけられた末に息絶えていた。

無惨な姿を曝《さら》す侍女を、険しい顔で見下ろした坂本は、側近の一人である男を睨み、殴り飛ばした。

「この、たわけ者めが！　誰が殺せと言うた」

「申しわけございませぬ。白状する様子を見せましたものですから、猿ぐつわを外した隙に舌を嚙みました」

「言いわけは聞かぬ」

「はは」

平伏する側近の男を、怒りに満ちた顔で睨む坂本に、久世の従者が歩み寄って言う。

「御家老、こうなっては仕方がございませぬ。次なる手に打って出るべきかと」

この従者は、藩邸の外で三浦の配下を斬った男だ。

坂本はその男に、鋭い目を向ける。

「渋田《しぶた》」

「はは」

「遠慮はいらぬ。策があるなら申せ」

渋田は顔をうつむけ気味にして、控えめな態度で言う。

「国家老が動く前に、片をつけるべきかと」

坂本は、ほくそ笑む。

「いいだろう、そちにまかせる」

「仰せのままに」

渋田は、石牢《いしろう》から去る坂本を見送り、不敵な笑みを浮かべている。

表屋敷に戻った坂本は、己の部屋に久世を呼んだ。

程なく現れた久世が廊下に膝をつくと、坂本が焦りの声をあげた。

「彦丸君の居場所が、国家老に知られてしもうたぞ」

「なんと」

息を呑む久世に、坂本が言う。

「奥方様の侍女に、間者《かんじゃ》が紛れておった。彦丸君が命を落とされれば、信平様にご迷惑がかかる。今すぐ、彦丸君を迎えにゆけ」

「はは」

久世が頭を下げて、坂本の前から下がろうとした。

「待て、奥方様をお連れしたほうが、若君も安心されるであろう。わしが申し上げるゆえ、駕籠《かご》を用意して待て」

「かしこまりました」

久世が立ち去ると、坂本は奥御殿に向かった。

火急の用だと取り次ぎ役に告げ、美代の部屋に通されると、坂本は遠慮して中に入らず廊下に正座した。

侍女という美代は、色白の顔に不安を浮かべて問う。

「彦丸が見つかったのか」

坂本は、うやうやしく言う。

「お喜びください。たった今、見つかりました」

侍女は明るい顔をしたが、美代は不安を拭えぬ様子で言う。

「生きておるのか」

「生きておられますとも」

「まことか、まことに無事なのだな」

「はい」

無事と聞いた途端に、美代は身体の力を抜き、安堵の息を吐いた。

「して、今どこにおるのじゃ。連れ戻ったのであろうな」

「いえ、五摂家鷹司家のご子息であらせられる、松平信平様の屋敷におられます」

「誰じゃと？」

「先の将軍家光公の、義理の弟君にございます」

美代は、驚きのあまり侍女と顔を見合わせた。

「何ゆえ彦丸が、そのようなお方の屋敷におるのじゃ」

「国家老の手の者に襲われて危ういところを、信平様のご家来に助けられたのです」

「何、国家老の手の者じゃと」

美代が愕然とした。そして、国家老の背後にいるであろう側室を思い、恨みと怒りに顔を歪めて言う。

「おのれ、よくも彦丸を」

その顔色をうかがっていた坂本が、神妙に言う。

「奥御殿に仕える侍女の中に、国家老の間者が紛れておりました。すでに成敗しましたが、彦丸君の居場所が知られた恐れがあるとのこと。そこで奥方様に申し上げます。国家老の魔の手が伸びる前に、彦丸君をお迎えに行かれませ。表に、駕籠を待たせております」

両手をつく坂本に応じて、美代は立ち上がった。

侍女を連れて行こうとしたが、外を見て、心配げな顔をして言う。

「迎えに行くはよいが、夜道は危のうないか」

「我が配下には、藩随一の遣い手でありますす渋田がおりますので、ご案じめされますな。誰が来ようが、指一本触れさせませぬ」

美代は不安を拭えぬ様子だが、子を思い、うなずいた。

「では、まいりましょう」

八

信平の屋敷の前に高座藩の駕籠が止まったのは、もうすぐ夜の四つ頃になろうかという時だ。

内職のわらじ作りに精を出していた八平は、潜り戸をたたく音に気付いて番所の障子を開けた。

「どちら様で」

笠《かさ》を被った侍が、八平に穏やかな顔を向ける。

「夜分にあいすまぬ」

名を告げた久世から、生母自ら彦丸を迎えに参上したと聞き、

「少々お待ちを」

八平は障子を閉め、善衛門のもとへ走った。

「大殿様、彦丸君のお迎えがまいられました」

自分の部屋で、囲碁の指南書を片手に石を打っていた善衛門は、こんな夜更けにか

と、無遠慮な相手に呆《あき》れた。

「殿にうかがいを立てるので待っておれ」

八平を庭に待たせ、善衛門は信平の部屋に向かった。

書物を読んでいた信平は、気配に気付いて顔を上げた。

廊下に現れた善衛門が、不機嫌そうに言う。

「殿、高座藩の者が迎えにまいりましたが、彦丸君はとうに眠っておりますので、明日にしていただきましょうな」

信平の返答も聞かずに決め、藩の者を追い返そうとした。

「まあ、待て」

善衛門を止めた信平は、書物を閉じ、

「夜更けに来るとは、よほどのことがあったのやもしれぬ。まずは会《お》うて話を聞き、彦丸君を返すか否か決めてもよかろう」

迎えの者を通すように告げた。

程なく、案内された久世が信平の前に現れ、あいさつもそこそこに言った。

「今宵《こよい》は、御生母をお連れいたしました」

「さようか。こちらへ、お通しを」

「はは」

面を上げた久世が、廊下に向かってうなずいた。

雅な打掛け姿で歩み出たのは、歳の頃三十前後の、目鼻立ちがくっきりとした女。

信平の前に姿を見せた時には、すでに目を潤《うる》ませていた。我が子の身を案じる母親の目だ。

美代は畳に三つ指をつき、上目遣いに信平を見ると、

「我が子の危ないところをお救いくださり、まことに、ありがたく……」

声を詰まらせ、頭を下げた。

「彦丸君を迎えにまいられたということは、命を狙われることがなくなったと、思うてよろしいか」

信平が訊くと、美代が面を上げた。訴える目で口を開いたが、声を制した久世が代わって、信平に言う。

「残念ながら、未だに狙われております。彦丸君がこちらにおられることが国家老に知られたようですので、このままでは、鷹司様にもご迷惑がかかると思い、夜更けにご無礼を承知で、お邪魔をいたしました」

「国家老殿の手の者なら、すでにまいられたぞ」

信平の言葉に驚いた久世が、身を乗り出すようにして訊く。

「それで、相手はなんと」

「彦丸君のお命を狙う者は、国家老ではなく江戸家老と申していた」

「馬鹿な」

声を荒らげた久世は、慌てて無礼を詫びた。

「御家老は彦丸君が幼き頃から見守ってきたお方。お命を狙うことなど、考えられませぬ」

久世が必死に訴えるも、美代は一点を見つめたまま黙っている。

信平は気になり、美代に問う。

「そなたは、どう思われる」

美代は、信平の目を見てきた。

「江戸家老の坂本は、屋敷の中に国家老の手の者がいることを突き止め、彦丸の命を守るために手を尽くしてくれました。その坂本が裏切っているとは、わたくしには思えませぬ」

「まことに、そう思われるか」

「はい」

久世が言う。

「それがしも信じられませぬ。現に、彦丸君を信平様にお預かりいただければ安心だと申したのは、御家老なのですから」

「さようであったか」

「今宵、首尾よく間者を仕留め、藩邸から彦丸君のお命を狙う者を排除いたしました。これ以上、信平様にご迷惑をかけることが心苦しく、お迎えに参じた次第にございます」

そう言った久世が、両手をついて頭を下げた。

美代も頭を下げ、すがるような目を向けてきた。

「信平様、彦丸に会わせていただけませぬか。声を失うほど恐ろしい目に遭《お》うた我が子を、抱きしめてやりとうございます」

生母に懇願されて、信平に断る道理はない。

「あい分かった」

答えて善衛門を見ると、

「今、お連れいたす」

善衛門は立ち上がった。

奥の部屋でお初に守られて寝る子を起こし、母のもとへ連れてきた。

善衛門に抱かれていた彦丸は、畳に下ろされても、眠そうに目をこすっている。

「彦丸！」

駆け寄った母の胸に抱かれると、

「母上」

小さいが、確かにそう言った。

善衛門が破顔する。

「声が、声が出たぞ。殿、出ました」

喜ぶ善衛門に、信平は笑みでうなずく。

しっかりと母に抱きしめられた彦丸の姿を見て堪え切れなくなったのか、善衛門は袖を目に当てて、よかった、と涙声で言う。

こうなっては、二人の家老が来るまではと思っていた信平とて、彦丸を引き止めておくわけにはいかぬ。

「くれぐれも、気をつけられよ」

表まで送ると言い、先に立った。

駕籠に乗り込む前に、彦丸が善衛門に向き直った。

「爺、また会えるのか」

「会えるとも。また、遊びにまいられよ」

彦丸の手をにぎった善衛門は、顔をくしゃくしゃにして笑った。

「彦丸様、お元気で」

お初が優しく声をかけると、彦丸は善衛門の手を放し、きちんとお辞儀をした。顔を上げた彦丸は、目にいっぱい涙をためている。

「では信平様、後日改めて、お礼に上がらせていただきまする」

美代がそう言って頭を下げ、彦丸を抱いて駕籠に乗り込んだ。

母子が乗る駕籠を守る者は、久世と、配下の者が五人。これを見る限り手薄であるが、間者を捕らえたことで、騒動が一段落しているのだと、信平は思った。

「渋田」

「はは」

久世が命じると、従者の渋田が出立《しゅったつ》の声をあげた。

静かに進む駕籠に、善衛門が寂しげな顔で手を上げている。

信平はこの時、久世の後ろを歩む渋田の横顔を見たのだが、ふと、胸に不安がよぎった。

理由は分からぬが、数々の悪人を成敗してきた信平ゆえに、悪い予感がしたのである。

「殿、いかがなされた」

「うむ?」

「うむ、ではござらぬ。顔色が悪うございますぞ」

「ちと、気分が悪い」

信平は言うと、駕籠が去った夜道を見据えた。

九

その頃、麻布の料理屋に上がり込んだ坂本は、桜田《さくらだ》の漆問屋、相模屋太兵衛《たへえ》と酒を酌《く》み交わしていた。

「そろそろでございましょうかな、御家老様」

坂本が朱色の盃をあおり、旨《うま》そうな顔をして指で唇を拭う。そして、悪い顔を相模屋に向けて言う。

「手は尽くしてある。ここで酒を飲みながら待っておればよいだけじゃ」

「まことに、嬉しゅうございます」

「まさか、わしとおぬしが裏で繫がっていようとは、殿も気付かれまい」

「我らの企《くわだ》ては、娘にも申しておりませぬからな」

「ことがなったあかつきには、弥九郎君がお世継ぎじゃ。すずの方《かた》様のご実家である相模屋には、何かと恩恵があろう」

「その時は、坂本様にも存分に、おすそ分けをいたしますぞ。これは、ほんのお礼にございます」

差し出された小判百両を見た坂本は、欲に満ちた顔でくつくつと笑った。

「これは、先が楽しみじゃの」

「そろそろでございますかな」

「うむ」

「金で雇った者に襲わせて命を奪い、国家老に罪を押し付ける。ふふ、まことに、よい策ですな」

「久世らには悪いが、わしのために死んでもらう。例の雑木林で、国家老の手の者が襲うてくれたおかげで、よりやりやすくなったわ。女間者も仕留めたことだし、なんと申そうが、言い逃れは許さぬ」

「では、前祝といきましょうぞ」

二人は顔を見合わせて、勝ち誇ったように笑った。


いっぽう、信平の屋敷を出立した彦丸の一行は、何ごともなく藩邸の近くまで帰ってきた。

「奥方様、もうすぐでございます」

久世が声をかけた時、武家屋敷の前にある松林の中から人影が迫った。

警固の者が足音に気付いた時には、抜刀した曲者が脇をすり抜け、刃を一閃した。

刀の柄に手をかけていた警固の者が、苦しみの絶叫をあげて突っ伏した。

「曲者じゃ！」

久世はいち早く抜刀し、襲い来る刃を弾き返した。

「誰か、誰かぁ！」

「慌てるでない！」

恐怖に右往左往する駕籠かきに檄《げき》を飛ばして落ち着かせると、素早く駕籠を背にして、守りを固める。

闇打ちで警固の侍が三人倒され、一人が足を斬られて呻いている。

曲者は三人。

久世が知る顔ではない。

「おのれ、国家老の手の者か！」

曲者は答えず、切っ先を向けてじりじりと迫った。

久世が打って出ようとしたが、渋田が手で制した。

「ここは、それがしにおまかせを」

鋭い目を曲者に向け、刀を下段に構えた。凄《すさ》まじいまでの剣気に押されて、三人の曲者が怯む。

「来ぬなら、こちらからまいるぞ」

渋田が上段に構えを転じると、曲者が釣られて動いた。

「てやぁ！」

一人が前に出るやいなや、上段から斬り下ろした刃が交差する。

悲鳴をあげたのは曲者だ。額を割られ、雷に打たれたように身体をのけ反らせると、そのまま仰向けに倒れた。

渋田は止まることなく前に出て刀を振るい、またたく間に二人を斬り倒した。

久世は、曲者がすべて倒されたのを見届け、刀を鞘《さや》に納めて駕籠に振り向いた。

「奥方様、お怪我《けが》――」

久世は、口を大きく開けて絶句し、見開いた目を下に向けた。己の胸から突き出た刃をつかんだが、背中を蹴られて引き抜かれた。

血を吐きながらも、後ろを向く。すると、渋田が冷酷な目つきで立ち、右手に下げていた刀をゆっくりと振り上げる。

「お、おのれ」

久世が刀の柄に手をかけるのと、渋田がとどめの一刀を打ち下ろすのが同時だった。

袈裟斬りにされた久世は立ったまま絶命し、足から崩れるように伏し倒れた。

駕籠かきが駕籠を捨て、悲鳴をあげて逃げ去るのを追った渋田が、皆殺しにした。

目を血走らせた渋田は駕籠に振り向き、ゆっくり歩み寄って戸を引き開けた。

死を覚悟した美代は、彦丸を胸に抱きしめて目をつむっている。

渋田が刀を持った右手を引き、切っ先を突き入れんとした時、空を切って飛んでくる物に気付いて刀を振るう。

たたき落とした小柄を見た渋田が、暗闇に鋭い目を上げた。ふたたび投げられた小柄をかわすため、さっと飛びすさる。そして、月明かりに浮かんだ見覚えのある白い狩衣に、舌打ちをした。

「貴様か」

渋田の前に現れたのは、信平だ。

狐丸を帯びている信平は、渋田を見据えて歩みを進め、間合いを詰めた。

二人が対峙《たいじ》する隙に善衛門が駕籠に駆け寄り、反対側から母子を助け出した。

信平が問う。

「誰の命《めい》だ」

「はて、知らぬ」

渋田が不敵な笑みを浮かべ、刀を正眼《せいがん》に構えた。

「貴様に恨みはないが、見られたからには生かして帰さぬ」

言うなり、猛然と斬りかかった。

「むん！」

上段から袈裟斬りに打ち下ろされた一刀を、信平は顔色ひとつ変えずに身体を転じてかわす。

「ほう、公家のくせに、少しは遣うようだな。遊んでやりたいところだが、そうもしておれぬ」

次で終わらせると豪語し、脇構えに転じて前に出た。

「てい！」

鋭く右の脇腹を狙ってくる切っ先が、空を切る。

白い狩衣の袖が、月明かりの下でひらりと舞う。

「むう」

一瞬の隙を突かれ、右の籠手を斬られた渋田が、信じられぬという目を信平に向けた。

両手を広げ、鋭い目を向ける信平の左手からは、隠し刀の切っ先が出ている。

「く、うう」

信平の凄まじい剣気に押された渋田は、一歩も動けなくなり、額からは玉の汗が流れた。

そして、信平には敵《かな》わぬと悟ったか、刀の切っ先を向けながら油断なく下がると、きびすを返して、松林の中に走り去った。

松の大木の根元に姿を現したお初が、目顔で信平に尾行を告げると、松林の中に駆け入った。

「善衛門、二人を我が屋敷へ」

「承知！」

母子を託した信平は、佐吉と二人で、息のある者を助けた。


「何、しくじっただと！」

「申しわけございませぬ」

渋田は血が滲《にじ》む手首を押さえ、庭に平伏《ひれふ》した。

「この、大馬鹿者め！　おめおめ逃げ帰りおってからに」

大声をあげた坂本は尾行を警戒して、あたりを見回した。

「跡をつけられておらぬだろうな」

「それは、ございませぬ」

「久世はどうした」

「仕留めました」

「久世の他に、そちに敵う者はおらなかったはずだ。まさか、国家老の手の者が来たのか」

「いえ……」

「では誰に邪魔をされたのだ」

「……」

頭を下げたまま言おうとしない渋田の態度に、坂本が苛立《いらだ》った。

「ええい、申さぬか！」

「松平、信平が来ました」

坂本が絶句した。

「御家老様、何者でございますか」

相模屋に訊かれて、坂本は我に返った。

「京から江戸にくだり、百石の旗本になった鷹司家の変わり者だ」

相模屋は、狸顔《たぬき》を恐怖に引きつらせた。

「京の鷹司家と申せば、あの……」

「五摂家に列する家柄のうえに、先の将軍家光公の義弟でもある」

相模屋は、わなわなと震えだした。

坂本は渋田を睨みながら訊く。

「信平に邪魔をされたとは、どういうことだ。わしが雇った者は、彦丸君をどこで襲ったのだ」

「御家老の手筈《てはず》どおりの場所です。松平信平は、密かに跡をつけていたと思われます」

「我らを疑いおったか。それにしても、公家の庶子《しょし》ごときに斬られるとは情けない。そちの腕を買いかぶり過ぎていたようだな」

「申しわけありませぬ」

坂本は、頭を下げる渋田の目の前に小判を投げた。

「それを持って、どこにでも失《う》せろ」

渋田は目を見張った。

「御家老！　脱藩しろと申されますか」

「分からぬのか、しくじったそちがおれば、わしの首が飛ぶであろうが。目障りじゃ、失せろ！」

閉じた扇を投げつけられた渋田は、悔しそうな顔で庭の土をにぎり締めた。

「お、おのれぇ」

激高して血走った目を向けて立ち上がり、抜刀して斬りかかった。

額を斬り割られた坂本が、喉から奇妙な息を吐いて昏倒《こんとう》し、その場で絶命した。

渋田の怒りは、相模屋にも向けられた。

「お、お助けを。か、金なら、いくらでもさしあげますから、命だけは」

問答無用で切っ先を向ける渋田が、逃げようとした相模屋の背中めがけて、一刀を打ち下ろす。

「ぎゃぁぁ」

相模屋は、廊下の障子をつかみ破りながら、伏し倒れた。

骸の着物で刀の血を拭った渋田は、その場にあるすべての金を奪うと、料理屋から逃げ去り、江戸から姿を消した。

十

高座藩主、間部若狭守信民が信平の屋敷を訪れたのは、三日後である。

間部若狭守は参勤交代を終えたばかりで在国の身であるが、行列を伴って来たのではない。信平の文で彦丸のことを知り、お忍びで江戸に戻ったのだ。

馬を馳せてきたという間部は、羽織に野袴の出《い》で立ちであったが、埃《ほこり》に汚れ、鬢《びん》も

乱れ、

「まるで、浪人のようにございました」

佐吉が思い出したように、信平に言った。

「彦丸君だけでなく、奥方までおられたのには、たいそう慌てたご様子でした」

信平はうなずく。

「側室のいいなりになったことが招いた御家騒動ゆえ、引け目に思われたのだろう」

佐吉が言う。

「殿の前で世継ぎを彦丸君に決めさせ、誓約書まで書かせるのですから、奥方はしたたかなお方ですね」

「子を思う母心と、二度と、家来に世継ぎ争いをさせぬためであろう」

「ごもっとも」

そこへ、お初が茶を持ってきた。

「善衛門の姿が見えぬようだが」

信平が訊くと、お初は湯飲みを置きながら答えた。

「そういえばそうですね。どこかへお出かけでしょうか。佐吉さんもどうぞ」

佐吉が濡れ縁から座敷に上がり、かたじけないと礼を述べて湯飲みを取り、旨そうに飲み干した。

それを見たお初が、目を丸くした。

「熱くないの」

「はは、わしには丁度よい具合で」

信平は湯飲みを持ったものの、冷めるのを待つため静かに戻した。

佐吉が信平に向く。

「殿」

「うむ？」

「ご老体は、彦丸君を自分の孫のように可愛がっておられましたから、高座藩の殿様が彦丸君を世継ぎにすると決めた時は、喜んでおられましたな」

「そうであるな」

お初が言う。

「でも、彦丸君が御屋敷へ帰られた後は、酷く落ち込んでいましたよ。そのまま寝込まれるのではないかと、心配しました」

信平は微笑む。

「確かに、寂しそうであったな」

　すると、佐吉が首をかしげた。

「わしにはそうは見えませなんだが。殿のお子を早《はよ》う抱きたいと、楽しげに申されておりましたぞ」

「さようか」

　信平が目を伏せるのと、お初が、いらぬことを言うな、という顔を佐吉に向けるのが同時だった。

　二人を見くらべた佐吉が、信平と松姫《まつひめ》のあいだに立ちはだかる壁のことを善衛門が言っていたのを思い出し、慌てて口を塞いだ。

「こ、これは、いらぬことを申しました」

　頭を下げる佐吉の前で、信平はため息をついた。


　その頃、善衛門は、江戸城本丸御殿の一室で、将軍家綱に平伏していた。

「苦しゅうない善衛門、面を上げよ」

「はは」

　今日は何ごとで呼ばれたのか気になる善衛門は、下段の間に居並ぶ老中たちの様子をそっとうかがう。

阿部《あべ》豊後守忠秋《ただあき》は穏やかな面持ちで座し、その正面にいる松平伊豆守信綱《いずのかみのぶつな》は、唇を引きむすび、おもしろくもなさげな顔で座っている。いつもの二人に加え、今日は珍しい顔があった。

幕府大目付、中根《なかね》壱岐守正盛《いきのかみまさもり》だ。

公儀隠密《おんみつ》の元締めがいる場に呼ばれた善衛門は、高座藩の騒動のことで何か訊かれるのではないかと、不安になった。というのも、暗闘とは申せ、人が斬り合う騒動を起こした此度の一件に信平が巻き込まれたにもかかわらず、将軍《おかみ》の耳に入れていないからだ。

「では上様、それがしはこれにて、ご無礼つかまつりまする」

家綱に頭を下げた中根が下座に下り、善衛門の横に来ると足を止め、意味ありげな笑みを残して去っていった。

「善衛門」

「はは！」

「近《ちこ》う寄るがよい」

家綱に呼ばれるままに、善衛門は上段の間に膝行《しっこう》して近づいた。

「余は、今日は気分がよいのだ、善衛門」

「は、それは喜ばしいことと存じまする」

「何ゆえ気分がよいのか、訊かぬのか」

「はあ？」

顔を上げた善衛門は、探るような目を向けられているのに怖気づき、すぐに頭を下げた。

「では、お訊《たず》ね申し上げます」

「実は、かねてより壱岐守に探らせていた高座藩の世継ぎ騒動が、此度、めでたく収まったのじゃ。一時は改易を申し渡さねばならぬと思い胸を痛めておったが、おかげで、晴れ晴れとした気持ちになれた」

「そ、それは、祝着《しゅうちゃく》に存じまする」

公儀隠密が探っていたと知り、善衛門はたじたじとなった。信平が、何者かが屋敷を見張っているようだと言っていたのを、思い出したのだ。

「どうした葉山、顔色が優れぬようだな」

伊豆守に言われて顔を向けると、鋭い目で見られていた。

善衛門は観念し、御家騒動を知りながら黙っていたことを詫びようと、家綱に顔を向けた。

「上様――」

「善衛門」

「はは！」

声が被り、善衛門は平伏した。

家綱が言う。

「藩を救えたことで、余は気分がよい。そこでじゃ、信平の加増を決めた」

「へ？」

呆《ほう》けたような顔を上げる善衛門に、家綱が真顔で告げた。

「信平に、百石の加増を申し渡す」

あんぐりと口を開けていた善衛門は、家綱が見せた笑顔ですべてを覚《さと》り、にんまりと笑った。

「さすがは上様、おそれいりました」

大袈裟に両手を上げて言い、そのまま平伏した。

庭に咲くあじさいが鮮やかに映える、小雨《こさめ》の降る日のことである。

第二話　湯島天神参り

一

「戸田《とだ》、松姫はどこにおるのだ」

「は、それがその、姫様は大門屋《だいもんや》にお出かけに」

「何、また大門屋にまいっただと」

「はい」

「まさか、わしを謀《たばか》って、信平殿と会うておるのではあるまいな」

「それはないかと存じますが……」

「その顔は、何か隠しておるな。なんじゃ、申せ」

「いえ、その……」

言う。

紀州徳川家当主《きしゅうとくがわけとうしゅ》、権大納言《ごんだいなごん》頼宣《よりのぶ》に睨まれた側近の戸田外記《げき》は、目を伏せ気味にして言う。

「はは、信平殿は方々へお出かけになられているご様子にて、道でばったり会われたりなんぞされましたらば、いたし方ないかと」

頼宣は、とぼけおって、と言おうとしたが、戸田の困った顔を見てやめた。

「まあ、それはそうじゃが」

所用をすませて城から戻った頼宣は、信平が百石加増されたことを姫に知らせてやろうと思っていただけに、

「つまらぬ」

ふて腐れて、自室に籠もってしまった。

で、大門屋で艶《あで》やかな花柄の小袖に着替えた松姫はというと、道でばったり、信平と出会っていた。

青と白の鮫《さめ》小紋の小袖に薄灰色の袴を着けた信平の姿は、どこぞの旗本の跡取り息子に見える。

松姫と二人で歩く姿は、そっと見守る侍女の竹島糸《たけしまいと》に言わせると、

「ほんに、初々《ういうい》しい」

遠慮がちに少し離れて湯島天神《ゆしまてんじん》を目指して歩む信平と松姫は、町家のあいだにある女坂《おんなざか》から境内へ向かう。

途中で振り向けば、抜けるような青空の下に広がる江戸の地の果てには、初夏の陽光に輝く雲が、もくもくと天に立ち昇っていた。

境内から笛と太鼓の音が鳴り響いてきた。どうやら、神事がはじまったようだ。

女坂をのぼり切ると、境内は人であふれていた。

「まあ、凄《すご》い」

年に一度の神事に詰めかけた人の多さに、松姫が目を輝かせた。

「姫は、湯島の神事は初めてですか」

「はい」

「この人出ゆえ、しばし待たねばならぬが」

「平気です」

「では、こちらへ」

信平は人の流れの後ろに回り、行列に並んだ。

「姫、はぐれぬように、これを」

信平が袖を持つよう促すと、

「はい」

松姫は、そっと袖に手を伸ばす。

行列はゆっくりと進み、信平たちも本殿に近づいていく。

松姫は前を指差して言う。

「あれが、文に書かれていた輪でございますか」

人の流れの前には、青々とした草色の、大きな輪が見える。そして、先頭の人が輪の前で一礼して、潜っている。

信平は松姫に微笑んで言う。

「そう、輪を通り抜けることで、疫病にかからぬといわれている」

松姫は信平を見て、笑みを浮かべた。

信平はうなずき、輪を見る。

その昔、須佐之男命《すさのおのみこと》が蘇民将来《そみんしようらい》に一夜の宿を借りた時、手厚いもてなしを受けた礼に、茅《ち》の輪《わ》を作って授けた。茅の輪には疫病を祓《はら》う力があり、蘇民将来の家は末永く栄えたという。

以来、疫病が発生しやすい夏を前に、日本の各地の神社で茅の輪を潜る神事がおこなわれるようになった。

京の八坂《やさか》神社でおこなわれた輪潜り神事に参拝したことがある信平は、湯島天神でもおこなわれていることを知り、松姫に文を送り、誘ったのだ。

潜れることよりも、信平の優しいこころ遣いを喜んだ松姫は、声には出さぬが、笑みを向けた。

信平たちの前で、仲のよい商家の男女が手を取り合って潜った。

「さ、まいろう」

「はい」

草のいい香りがする輪の前で礼をし、まずは信平が先に潜った。振り向いた信平が手を差し伸べると、松姫が顔を赤らめ、そっと手を出した。

その姿を陰ながら見守っていた竹島糸が、

「やりましたよ」

嬉しげな声を発して、思わず、中井《なかい》春房《はるふさ》と手をにぎり合った。

頼宣から姫を見張れと命じられている春房も、役目を忘れて、にんまりとしている。

信平と松姫の限られた時はあっという間に過ぎてゆき、行列に並んで輪を潜り終えた頃には、別れの刻限である時の鐘が鳴った。

湯島天神の境内にはちょうちんの明かりが入れられ、輪潜り神事もこれからという時に、二人は別れなくてはならない。

いつの間にか、二人の前に中井と糸が現れ、

「姫、そろそろ」

中井がそう告げて頭を下げた。

松姫は寂しそうな顔でうなずき、信平に向く。

「今日は、楽しゅうございました」

「麿も、楽しかった」

「では……」

「また、文を送る」

信平と松姫はしばし見つめ合い、この日は別れた。

大門屋に戻るために女坂をくだる姫を見送った信平は、本殿の前から鳥居を出ると、四谷のほうへ歩んだ。

湯島天神は、境内をはじめその界隈《かいわい》は江戸でも有数の盛り場であり、江戸の民の憩いの場だ。ことに神事が催される日などは、町の通りは人混みにもまれなくては歩け

ぬ。

境内から幾分か遠ざかり、やっと真っ直ぐ歩けるようになった頃、信平は、身を寄せ合って歩む男女とすれ違ったのだが、ふと、足を止めて振り向いた。

決して、いかがわしい気持ちでも、羨ましいと思い見たのでもなく、男女の後ろを歩んでいた一人の男の目つきが、

「どうも、怪しい」

どうにも、気になったのである。

男は、何かを狙うような、殺気に満ちた目をしていたのだ。

前を歩く男女は、男は着流し姿の町人、若い女も、身なりからして町の者。そして跡をつける男は、やはり若い町人だ。

信平は背を返し、三人を追った。

後ろの男に気付かぬ男と女は、板塀に囲まれた料理屋の前に行くと、そのまま中に入った。

跡をつけていた男が、赤茶色の暖簾《のれん》の前で立ち止まると、悔しげに唇を嚙みしめてあたりを見回し、何をするのかと思えば、辻灯籠の明かりが届かぬ軒先に行き、柱の陰に身を隠すではないか。そして、恨めしげな目を、料理屋の入り口に向けている。

ますます怪しい。

大勢の人が行き交う通りの反対から様子をうかがっていた信平は、輪潜り神事の参拝客を当てに商売をしていた茶屋に立ち寄り、怪しい男と、通りが見渡せる長床几を選んで座った。

すぐに小女《こおんな》が出てきて、注文を訊く。

「冷たい茶をいただこう」

「あい、葛餅《くずもち》はいかがです」

店は客で混み合っていたが、ほとんどの者が、同じ物を食べている。きな粉と黒蜜をかけた葛餅が自慢の味なのだろう。

「では、ひとついただこう」

「あい、あい」

こうしているあいだも、信平は、行き交う人のあいだに男の姿を捉えている。

男は、潜んだ時と変わらぬ様子で、じっと料理屋を見張ったままだ。

御上《おかみ》の御用を預かる岡っ引きか。

とも思ったが、すれ違った時に感じた殺気は、捨ておけぬものだった。

それからたっぷり一刻粘ったのだから、さすがに店の者も、気にしはじめた。茶のおかわりを注いでくれはするが、他に注文はないかと、さりげなく訊いてくる。ないなら帰ってくれと、言いたげな様子だ。

そろそろ気兼ねに思いはじめた頃、料理屋に動きがあった。女と入った男が、一人で出てきたのだ。

男は真っ直ぐ、信平がいる茶屋に向かって歩んだ。そして、ふてぶてしい顔に薄笑いを浮かべつつ、信平の前を横切っていく。

物陰に潜んでいた男が、前を歩む男の背中を睨みながら、これも信平の前を横切った。

「勘定を置いておくぞ」

信平は小粒銀を置いて、

「あっ、お客さん多過ぎます」

小女が声をかけるのも聞かずに、男たちを追った。

湯島天神に向かう切り通しを歩いていた男が、加賀《かが》百万石、松平加賀守の上屋敷《かみやしき》の角を左に曲がり、麟祥院《りんしょういん》とのあいだの道に入った。

ちなみに、麟祥院は、信平の義兄、将軍家光の乳母と知られる春日局《かすがのつぼね》の菩提寺《ぼだいじ》である。寛永《かんえい》元年に、大奥を辞した春日局の隠棲《いんせい》所として創建された当初は、報恩山天澤

寺と称されていた寺であるが、春日局がこの世を去ったのち、彼女の法号をもって、
麟祥院と称するようになった。
このような寺と、加賀百万石の広大な屋敷に挟まれた道は、夜ともなると、人気が
絶える。
これをよい折と捉えた男が、すっと懐に手を滑り込ませ、歩みを速めた。
前をゆく男は、背後から近づく者に気付いていないようだ。
狙う者が懐から出した手には、出刃包丁がにぎられていた。
切っ先を前に向けて両手でにぎり、一気に走りだそうとしたが、追い付いた信平に
手を押さえられ、
「あっ」
声をあげた時には、背中から地にたたきつけられていた。
これに気付かぬ男は、振り向きもせずに去ってゆく。
「何をする！」
男が身を起こし、必死の形相で追おうとしたが、
「人を殺《あや》めるのを、見逃すわけにはまいらぬ」
信平が、腕をつかんで押さえ込んだ。

「悪いのは奴だ。殺されて当然の野郎だ。離せ、離してくれよ！」

男が叫ぶのと、悲鳴がするのが同時だった。

悲鳴は、先ほどの男が去ったほうから聞こえた。

信平は男の手から奪った出刃包丁をにぎり、悲鳴がしたほうへ走った。

麟祥院の角を右に曲がると、月明かりに照らされた人影が二つある。

若い侍は地面に伏し、別の一人は、刀を下げて男を見下ろしていた。信平に気付くや、奪っていた刀を放り捨て、足早に立ち去った。

信平が駆け寄ると、倒れている若い侍は右の肘《ひじ》から先がなく、たった今、切り落とされたようだ。

若い侍の鼻に指を近づけて息を確かめる。

呼吸は弱く、出血も多い。早く手当てしなければ、命に関わる。

信平は狐丸の下げ緒を取った。

後から追ってきていた先ほどの男が、

「わたしが知っている医者が近くにあります。そこへ運びましょう」

先ほどとは別人のように活《い》き活きとし、信平を手伝った。

信平は、気を失っている若い侍の右腕をきつく縛り、背負うという男に応じて、抱き起こした。

背負《しょ》って立ち上がった男が、

「こっちです」

一度は人の命を奪おうとしたはずなのに、今度は助けるために急いで向かったのは、小さな町家だ。

明かりが漏れる戸をたたき、

「八伯《はっぱく》先生、怪我人です！　頼みます！」

戸の隙間に向かって大声で告げた。

程なく戸を開けたのは、年老いた女だ。

男に背負われている侍が腕を切られているのを見て、すぐに中へ入れてくれた。

部屋で待っていた老翁が、ここに寝かせろと言い、手当てにかかる。

「これでよし。命に、別状はありますまい」

信平にそう告げた老医師は、盥《たらい》の水で手を洗った。

白髪の総髪を後ろで束ねた町医者は、名を、稲山《いなやま》八伯という。

八伯は、出刃包丁を持っていた町人を若旦那と呼び、若旦那は、八伯の妻の知らせで駆けつけた岡っ引きとも顔見知りらしく、訊けば、本郷《ほんごう》一丁目の薬屋、小野屋《おのや》田《た》右衛門《えもん》の息子、幸一《こういち》という。

「若旦那、それで、斬ったのは誰なので」

本郷の岡っ引き、乾物屋の十次郎《じゅうじろう》が訊くと、幸一は顔を青ざめさせて、口を閉ざした。

「暗かったゆえ、相手の顔は見ておらぬ」

信平が助け舟を出すと、十次郎がじろりと睨んだ。

「ほんとうに、見てねぇのですね、お侍さん」

「知りたくば、この者が目をさましてから訊くがよい」

「それじゃ、待たせていただきますよ、先生」

「おう、好きにいたせ。わしは、遠慮のうやらせてもらうぞい」

老医師は消毒に使った焼酎の瓶子《へいじ》をかたむけて茶碗《ちゃわん》に注ぎ、水のごとく飲み干した。

気を失っていた侍が呻き声と共に目を開けて、天井を見回し、ここがどこなのか知ろうとしている。

「おお、気がついたか」

八伯が声をかけるや、はっとした目を向けて起き上がろうとした。

「せ、先生、う、痛《つ》う」

痛む手を辛そうに持とうとして、大きな目を見開いた。

「う、腕が――」

どうやら気が動転していたらしく、腕がなくなったことに気付いていなかったようだ。

八伯が言う。

「命があっただけでも、よいと思え」

驚愕《きょうがく》した顔を八伯に向けた侍が、あまりの衝撃に白目をむいて気絶し、布団に横たわった。

八伯が、気の毒そうに息をつく。

「やれやれ、この様子だと親分さん、今話を聞くのは無理じゃぞ」

十次郎は顔をしかめた。

「まいったなぁ、せめて、どこの御家中か分かれば助かるんだが」

「おお、それなら、わしが答えよう」

「先生、ご存じなので」

「確か、神田《かんだ》に屋敷をお持ちでな。五百石の旗本、今泉辰之真《いまいずみたつのしん》様じゃ」

「御旗本で……」

首の後ろに手を当てた岡っ引きが困り顔となり、明日出直すと言って、帰っていった。

邪魔者が去ったところで、

「幸一殿、これをお返しいたす」

信平が懐から出刃包丁を出したものだから、焼酎を飲んでいた八伯が噎《む》せた。

幸一は、もう用がないと言い、畳に放り投げた。そして、信平に恨んだ目を向けた。

「あんたが邪魔さえしなければ、この人も腕を斬られずにすんだのに」

道理の通らぬことをぶつけられても、信平は顔色を変えずに言う。

「そちと逃げた者に何があったのか知らぬが、相手は、侍の刀を奪うほどの男だ。あのまま包丁で襲っていれば、逆に殺されていたかもしれぬ」

八伯が賛同した。

「わしもそう思いますぞ、若旦那、物騒な真似《まね》はおよしなさい」

「くそ、四郎《しろう》の奴め」

幸一が拳で畳をたたいて悔しがった。そして、気を失っている侍を見て、気の毒そうな顔をして言う。

「このお侍もきっと、わたしと同じ目に遭っているのですよ。だから、四郎の奴を斬ろうとされたに違いないんだ」

信平が問う。

「もしや、料理屋に入ったおなごと、関わりがあるのか」

幸一が驚いた。

「どうしてそのことを知っているのです」

「道ですれ違ったそなたの目が殺気に満ちていたゆえ、気になって見ていたのだ」

「そんなに、怖い顔をしていましたか」

「うむ」

幸一は、言おうか迷った様子だったが、信平を見てきた。

「四郎と共にいたのは、わたしの許婚《いいなずけ》です」

そう言った途端に、悔しそうに顔を歪め、目に涙を浮かべた。

夫婦ならば罪に処すこともできるが、許婚では、どうにもできぬ。ゆえに幸一は、出刃包丁で恨みを晴らさんとしたのだ。

今泉が四郎に奥方を寝取られたのだとしたら、成敗しようとして返り討ちにされたのかもしれぬが、真相は分からぬ。

男女のもつれだけに、これ以上関わるのはかえって迷惑かもしれぬと思い、信平はこの場から立ち去った。

そして、四谷の屋敷に帰る頃には松姫のことを想い、幸一たちのことは忘れていた。

二

数日が過ぎた。

この日の夕刻、家来としての働きに慣れてきた江島佐吉を従えて、信平は四谷の町を歩んでいた。

二百石への加増の礼を兼ねて、阿部豊後守の屋敷を訪れた帰りであったのだが、ふと、足を止めた。

「殿、いかがされた」

佐吉が後ろから覗き込むように訊く。

「ちと、酒を飲みとうなった」

「はあ？」

「付き合え」

佐吉は、小体な料理屋の暖簾を潜るあるじの姿に首をかしげたが、酒と書かれた看板に舌なめずりをして、

「喜んで、お供します」

大きな身体を丸めて暖簾を潜った。

店は二十畳ほどの広い座敷があり、日暮れ時だけに、衝立《ついたて》で仕切られた客席はほとんどが埋まり、にぎやかであった。

狩衣姿の信平と、大男の佐吉が入り口に立つのを客が見て、店が静まり返った。

信平は気にすることなく、

「ちと、酒を飲みたいのだが」

小女に席を頼むと、つぶらな目を瞬きさせた小女がぽっと顔を赤らめ、

「こ、こちらへどうぞ」

すすめられた席に座る頃には、客たちは関心をしめさなくなり、各々《おのおの》の話をはじめていた。

騒がしくなった店の奥に、信平はそれとなく目を配った。

こちらに背を向けて座る侍の前に、湯島天神の帰りに見た、四郎が座っている。着物が違うため別人と思っているらしく、狩衣を着た信平を見ても、驚くそぶりは見せず、侍と話し込んでいる。

そのうちに、侍が懐から包みを出し、四郎に渡した。

包みを開けた四郎が、金五両を数えると、上唇の片方だけを吊《つ》り上げ、睨むように笑う。

信平には、悪だくみにほくそ笑んでいるように思えてならなかった。この男に右腕を斬られた五百石旗本、今泉辰之真が、その後に自刃《じじん》したと聞いていたため、そう思ったのかもしれぬ。

今泉の死を信平に知らせたのは、お初の味噌汁《みそしる》を求めてきた、五味正三であった。

五味は、本郷の岡っ引き、乾物屋の十次郎とは親しくしており、

「まいりましたよ旦那。例の右腕を切り落とされた御旗本ですがね、次の朝に八伯先生のところへ行きやしたら、これですもの」

と、十次郎、腹を切る真似をして、教えたものだ。

さらに、信平の名前を訊いていなかった十次郎が、

「腰には、鶯《うぐいすいろ》色の、それはもう立派な刀を差されたお侍が助けられたのですがね、

どうもあのお方、ただ者じゃぁございませんよ」

こう評したものだから、五味は、信平に違いないと思ったらしい。

で、信平に訊くのを理由に朝餉時に屋敷へ現れ、今泉のことを話しながら、お初の味噌汁に舌鼓を打ったのである。

将軍家直参旗本が、町人らしき男に腕を切り落とされたとあっては世の恥。御家断絶を苦にして自ら命を絶ったのだろうと、五味は言ったが、

「あんたが邪魔さえしなければ、この人も腕を切られずにすんだのに」

四郎を見かけた時に、幸一の言葉が耳によみがえり、どうにも捨ておけなくなった信平は、追って店の中に入ったのだ。

「殿、顔色がすぐれませぬぞ」

佐吉に言われ、信平は四郎から目を離した。

手元には、いつの間にか酒肴が運ばれていた。

佐吉は、銚子《ちょうし》酒ではなく、枡《ます》酒を頼んでいたようだ。

「ご気分でもお悪いので」

「いや、なんでもない。さ、飲もうか」

「では、いただきます」

枡を押しいただくように持ち、盃の酒をあおるように、一気に飲み干した。

「いやぁ、喉が潤いますな」

佐吉が嬉しげに笑うと、隣の客が、へぇ、とにやけて、

「てぇした飲みっぷりだ。見てて気持ちがいいや」

などと感心する。

佐吉が豪快に笑うと、その場は一気に和《なご》んだ。

そのあいだも、信平は四郎の様子をうかがっていた。

程なく、四郎たちは勘定をすませて、腰を上げた。

侍は身なりもよく、どこぞの旗本のあるじか、あるいは、大名家の重役といったところか。

四郎の案内で出口に向かう侍は、覆面で顔を隠していた。

「佐吉」

「はい」

「まいろうか」

信平は、勘定を置く佐吉を待たずして表に出た。

追って出た佐吉が訊く。

「殿、どうなされたので？」

「先日、五味殿が申していたことを覚えているな」

「あの、腕を切られた旗本の――」

「腕を切ったのは、あの二人づれの、右の男だ」

夕陽《ゆうひ》を背にして歩む二人は、堀に突き当たったところで左に曲がった。

「何やら、悪《あ》しき臭いがする。まいるぞ」

「承知」

信平が堀沿いの道に出ると、前をゆく二人は肩を並べて武家の土塀に沿って歩み、市谷御門の前を過ぎて牛込《うしごめ》に向かって行く。

「どこへ行くつもりですかね」

「分からぬ」

二人は牛込御門の前を左に折れ、神楽坂《かぐらざか》をのぼりはじめた。

坂の途中で左に曲がり、細い路地に入って行く。

あまり近づけば尾行がばれてしまうが、狭い路地が入り組んだ場所だけに、離れればたちまち見失う。

信平は、付かず離れず追っていたのだが、曲がり角を二つ三つ曲がったところで、見失ってしまった。

いつもなら、お初がぬかりなく跡をつけるのだが、今日は阿部豊後守の屋敷へ残っているため、現れては来ぬ。

しばらく路地を捜したが、とうとう見つけることかなわず、

「どこへ消えたのだ」

あたりを見回した。

「向こうを捜してみましょう」

佐吉がさらに坂の上に行こうと促すので、信平は坂をのぼった。

その様子を陰から見られていたとは、気付かなかったのである。

三

「もう、安心でございますよ、滝川《たきがわ》様」

四郎に言われて物陰から出てきた侍は、御書院番を務める二千石大身旗本、柴田《しばた》某《なにがし》の側近、滝川将山《しょうざん》だ。

三十を過ぎたこの男は、妻と子を持つごく普通の侍であるが、あるじも呆れるほど

の女好きで、吉原《よしわら》は行かぬが、安い女郎屋に入り浸り、三日にあげず通っていた。ところが、風の噂で四郎のことを聞きつけ、金五両で、ここまで案内されて来たのだ。

妻でもなく、商売女でもない女を抱けるとあって、滝川は好色を漂わせ、落ち着きがない。

「どうしますか、旦那」

「む?」

「妙な者《の》が付いてきていたようですが、奥方に見張られているのじゃござんせんか」

「かまわぬ。早うせぬか」

用心深い四郎に苛立つと、

「どうなっても、関わりないということで、ようござんすね」

あくまで紹介するだけの立場を示し、案内した。

板垣に囲まれた裏路地を歩むと、笹屋《ささや》と書かれた灯籠の下で立ち止まり、木戸をたたいて合図を送った。

閂《かんぬき》が外される音がして、片襷《かただすき》をかけた女中が顔を覗かせた。

木戸を潜ると、植木のあいだの小道をすすみ、瀟洒《しょうしゃ》な格子戸の入り口に向かった。

格式高い料理屋とまではいかぬが、奥座敷で客をもてなし、旨い料理を出しているようだ。だが、それは表向きであり、実際は、男女が睦言《むつごと》を交わす出合い茶屋である。

部屋に明かりが灯《とも》り、客がいるようだが、廊下は静かだった。

滝川は奥に進み、母屋とは渡り廊下を隔てた離れ部屋に案内された。

渡り廊下には、四郎の仲間なのか、目つきの悪い無頼者が一人、見張りに立っている。

滝川が横を通り過ぎようとした時に、まとわり付くような目を向けてくると、

「旦那は、運がいいお人だ。今日のは上玉のうえに、武家の未亡人ときている。たっぷりと、可愛がってやっておくんなさいまし」

卑猥《ひわい》な笑みを浮かべた。

武家女と聞き、滝川はごくりと喉をならした。

「ささ、どうぞ」

障子を開けた四郎に促されて中に入ると、障子が閉《た》てられた。

部屋の奥に人の気配があり、場末の女郎屋のような、むせかえるような化粧の臭いはしなかった。

襖を開けると、用意された膳の横に、身なりを整えた武家女が座っていた。畳に手をついて客を迎えた女の横顔を見るや、

「あっ」

滝川が思わず声をあげた。

「絹恵殿《きぬえどの》？」

滝川の声に、女がはっとして顔を向け、目を大きく見開いた。

「将山様――」

名を言うなり絶句し、うつむいてしまった。

驚いた滝川が近づき、

「絹恵殿が、なぜこのような所に」

訊いても答えず、顔を背ける。

絹恵と呼ばれた武家の女は、滝川より五つ年下の、幼なじみであった。

いや、幼なじみというよりは、その昔、将来を誓い合った仲といったほうが正しい。

幼き頃は兄妹《きょうだい》のように仲良くしていた二人が、どちらからともなく恋心を抱くようになり、滝川二十歳、絹恵十五の時、二人は密かに、夫婦になることを語る仲になっ

ていた。だが、ある日突然、絹恵の縁組が決まってしまい、二人の恋は、はかなくも引き裂かれてしまったのである。

絹恵が輿入れした相手は、四郎に右腕を切り落とされたのちに自害した、今泉辰之真だ。

それを知っている滝川は、後家になった絹恵のことを案じていた。

それが、こんなところで会おうとは。

どうしてこのようなことをしているのか心配になった滝川は、色欲《しきよく》など吹き飛び、話を聞く前に障子を開けて外の様子を探った。

渡り廊下の前では、先ほどの無頼者が座り、うちわで扇《あお》ぎながら冷酒を飲んでいる。

気付かれぬようそっと障子を閉め、

「詳しく、聞かせてくれぬか」

助けたいと、願い出た。

十六で今泉家に嫁いだ絹恵は、初めのうちは滝川のことを想い、泣き暮らしたという。だが、夫の辰之真の優しさに触れるうちにこころも落ち着き、息子を授かった頃には、夫を愛《いと》おしく思えるようになっていたのだが、二年前に息子を病で亡くしてか

らは、

「夫への情が、冷め切ってしまったのです。子を失い、悲しみに暮れるわたくしのことを、夫は気遣ってくれました。ですが、優しくされればされるほど辛くなり、どうしても、夫を受け入れられなかったのです。そんな時に、あの男と出会ってしまいました」

気晴らしに、日本橋《にほんばし》の呉服屋に出かけた帰りに声をかけられ、言葉巧みな誘いに応じてしまい、以来、逢引《あいびき》を重ねたのだが、気付いた時には、どうにもならぬことになっていたという。

「では、夫に告げると脅されて、このようなことを」

「はい」

「しかし、今泉殿は自害され、家も取り潰しになった今となっては、奴のいいなりになることなどないのではないか」

「落ちるところまで落ちた身、こうするしか、生きていく道がないのです」

絹恵は、抱いてくれといい、帯を解きはじめた。

滝川はどうにも悲しくなり、絹恵の手をにぎって止めた。

「己を呪ってはならぬ、絹恵殿。ここから逃げるのだ」

「そのようなことをすれば、あなた様まで……」

「案ずるな。こう見えてもおれは、芝一刀流免許皆伝だ。亡くなられた今泉殿のためにも、奴の好きにされてはならぬ。今すぐ、ここから出よう」

絹恵は大粒の涙をこぼし、うなずいた。

愛刀を腰に差した滝川が、絹恵の手を引いて障子を開けた。

驚いて腰を浮かせる無頼者に薄笑いを向け、

「この女はなかなかの上玉ゆえ、気が変わった。屋敷に連れ帰り、殿に献上いたすゆえ、朝まで借りるぞ」

押し通った。

渡り廊下から出口に向かっていると、すぐ横の障子が勢いよく開けはなたれ、無頼者が出てきて前を塞いだ。

座敷の中から、懐手にした四郎がゆるりと出てくると、

「旦那、その女は大事な商売道具だ。勝手なことをされちゃぁ、困りますぜ」

目を細め、口元に不気味な笑みを浮かべている。

「金なら倍払う。それなら文句はあるまい」

四郎は行こうとする滝川の前に立ち、首を左右に振る。

「あいにくだが、そうはいかねぇのですよ、旦那。その女には、ここから出てもらっちゃぁ、困りますんで」

「今泉殿を自害に追い詰めたからか」

言うや、無頼者たちが懐に手を滑り込ませた。

匕首を抜くそぶりに、滝川は、刀の柄に手をかけて応じた。

「やめねぇかい」

四郎がどすの利いた声をあげると、無頼者たちが素直に応じて、大人しくなった。

四郎が滝川に目を転じて、鋭い眼差《まなざ》しで言う。

「旦那、人聞きの悪いことを言われたんじゃ、困りますぜ」

「黙れ！　この者を騙し、客の相手をさせておいて何を申すか」

「ご冗談を、その女の口車に乗っちゃぁいけませんや」

「絹恵殿は嘘など申しておらぬ。どかぬと申すなら、力ずくで通るぞ！」

怒鳴って前に出ると、四郎が下がった。だが、場は空けぬ。

「どけ！」

「これは、困りましたね」

四郎は、ため息を洩らした。

「仕方ない。では、十二両で手を打ちましょうか」

朝まで、絹恵を好きにしてもいいと言う。

滝川は応じた。

「今は持ち合わせがない。夜が明けたら、絹恵に持たせる」

「ようござんす。ですが、信用しないわけじゃございませんがね、旦那。念のため、見張りを付けさせてもらいますよ」

これ以上は聞けぬと言われて、滝川は承知した。

ここさえ出てしまえば、どうにでもできると考えていたのだ。

こうして、うまく絹恵を連れ出すことができた滝川は、後ろに付いた見張りの目を気にしつつ、神楽坂をくだった。

四

市谷の古い神社で男女の死体が見つかったのは、翌朝だった。

佐吉は、谷町の家から信平の屋敷へ出仕する途中で騒ぎを聞き、大勢の見物人と共に様子を見に行ったのだが、

「ややっ！」

見覚えのある顔に目を丸くし、信平を呼びに走った。

「殿、殿！」

「なんじゃ、朝から騒がしい」

善衛門が、庭へ入った佐吉へ厳しい顔を向けるが、

「殿はどちらです？　殿！」

佐吉は答えず、信平を捜して裏に行こうとした。

善衛門が追ってきて言う。

「殿は裏で水浴びじゃ。何を慌てておるのだ」

佐吉は台所で立ち止まった。

「昨夜殿が見失われた者が、死体で見つかったのです」

「なんじゃと？」

話を聞いていた善衛門が驚き、朝餉の片付けをしていたお初と顔を見合わせた。

お初は、佐吉に問う。

「神楽坂で見失われた、気になる男のことですか」

「はい。殿にお知らせせねば」

佐吉はお初に通してくれと言って、裏庭に向かった。

井戸端で朝の水浴びをすませた信平は、濡れ縁に腰かけていた。

慌てた様子で来た佐吉が、見たことを告げる。

「四郎と一緒にいた侍が、女と死んでいました」

信平は、骸が運ばれる前に確かめようと、着流しのまま屋敷を駆け出した。

麻の着物に脇差しを帯びたのみの身なりだが、かまわず町中を走り、神社にのぼった。

二人はまだ運ばれていないらしく、朝だというのに、境内には大勢の野次馬が集まっていた。

丁度運ばれるところで、役人が野次馬に道を空けさせて出てきた。本来なら寺社方が出張るのであるが、ところの者が大事にしている八幡《はちまん》神社であり、見つけたのも町の娘ということで、町方が駆けつけている。

見物していた者が言うには、町の娘が朝のお参りをしようとしたところ、小さな祠《ほこら》の前に、二人が抱き合うように倒れていたらしい。

筵《むしろ》を被せた戸板は二つ。

信平が岡っ引きの金造の顔を見つけて歩み寄ると、

来たんですかという顔をして、信平に頭を下げた。

「ああ、旦那」

「何があったのじゃ」

「心中《しんじゅう》でさ」

「心中？」

「へえ。しかも、二人ともお武家でしてね。死人にゃ悪いが、氏神様の御前《おんまえ》で命を絶つとは、いやどうも、迷惑な話ですよ」

「見せてくれぬか」

「へ？」

「知った顔やもしれぬのだ」

「そうですかい。それじゃぁ、どうぞご覧になっておくんなさい」

金造が、被せられた筵をめくって見せた。

男は確かに、昨夜四郎といた滝川将山。女は絹恵であったが、信平が二人の名を知る由もない。

「どうです？」

「侍は、先日自害した今泉殿の右腕を斬った男、四郎と一緒にいた者だ」

驚いた金造であるが、途端に、鋭い目つきとなる。

「そりゃ、ほんとうですかい」

「間違いない」

「女はどうです？　知った顔ですかい」

「いや、おなごのほうは分からぬ。それより、まことに心中なのか」

へい、と答えた金造が教える。

「女は胸を一突きにされておりやす。野郎は首の急所を断ち切っているところをみると、そうとしか思えませんや」

見つけた時は、将山の左手と絹恵の右手が離れぬように、帯止めで結ばれていたという。これが、心中と読む決め手となった。

だが、剣の達人である信平は、侍の首を示して言う。

「どうも、解せぬ。自ら首を切ったにしては、傷が深い。心中ではなく、何者かに斬られたのではないか」

しゃがんで、男の傷を見た金造は、信平に顔を上げた。

「言われてみれば、確かに深いですね」

「四郎を当たってみてはどうか」

「分かりやした。五味の旦那に相談してみます」

金造はそう言って、骸を運ぶ役人たちと引き上げてゆく。

見送った信平は、野次馬の中に四郎の顔を探したが、いなかった。

四郎に関わる者が、次々と命を落としている。こうなると信平は、幸一のことが気になりはじめた。

その足で本郷に向かい、小野屋の暖簾を潜った。

麻の単衣《ひとえ》に脇差しのみの姿であるが、旗本の家来に相応《ふさわ》しい身なりをした佐吉を供にしているため、店の者には浪人とは思われなかったようだ。

愛想笑いで近づいてきた手代が、戸口の鴨居《かもい》を優に越えている佐吉の大きさに今気付いたような顔をして、腰を折る。

「いらっしゃいませ。どのような薬をお探しですか」

訊かれた佐吉が、信平に言う。

「殿、何をお求めですか」

殿と呼ばれた信平を、驚いた顔で見た手代が、また愛想笑いをして頭を下げた。

信平は言う。

「薬はいらぬ。幸一殿は、ご在宅か」

「おられますが、御武家様が若旦那に殿をお付けになられるとは珍しゅうございますね。いったい、どのようなご用件で」

愛想笑いを崩さぬ手代だが、目は笑わず、探るような色を帯びている。

幸一が出刃包丁を持って四郎を殺めようとしたことを、知っているのだろうか。

そう思う信平は、

「ちと、訊ねたいことがある」

そう返す。

すると手代は、見る間に表情を曇らせ、血の気すら失っている。

「もしや、御上の御用でしょうか」

「いや、そうではない。案ずるな」

ほっとする手代であるが、まだ戸惑った様子だ。

「人の命に関わることゆえ、頼む」

急がすと、手代は慌てて、名前も訊かずに呼びに行った。

程なく店に出てきた幸一が、信平の顔を見るなり、あからさまに敵意を帯びた目を向けた。

「なんの用でしょう」

「今朝、神社で男女の骸が見つかったのだが、どうも、四郎と申す者が関わったと思われる」

幸一は店の者たちを気にして草履《ぞうり》をつっかけ、信平を店の横手に誘った。

漢方薬の匂いがする店の横手から外に出ると、側溝に清らかな水が流れる路地がある。幸一は路地を進んで店から離れ、銀杏《いちょう》の木がある広場で振り向いた。

「また、死人が出たのですか」

信平はうなずく。

「初めは心中と思われていたようだが、解せぬところがある。四郎と申す者は、何者なのだ。詳しく聞かせてくれぬか」

幸一はあからさまに、いやそうな顔をした。

「その名は、聞きたくもありません」

「そう言わずに、教えてくれ。また死人を出さぬためだ」

「あの夜、右腕を斬られた御旗本のその後は、聞いておられますか」

「聞いている」

「やはりあの時、わたしを止めるべきではなかったのです。そうすれば、新たな死人も出なかったはずです」

幸一は悔しげな顔で、信平にそう訴えた。

「おい、口に気をつけろ。無礼であろう！」

佐吉が前に出ようとするのを、信平が止めた。

幸一は、不機嫌を隠さず信平に言う。

「あなたにお話しすることはございませんので、どうぞ、お引き取りください」

取り付くしまもなく、店に入ってしまった。

追わぬ信平は、四谷に帰ろうと佐吉に言い、路地を歩む。

「あの、もし」

声をかけて追ってきたのは、見知らぬ初老の男だった。

立ち止まる信平と佐吉を順に見て、

「小野屋田右衛門にございます。お武家様、よろしければ、手前がお話を」

白髪まじりの頭を下げた。

信平が問う。

「四郎とやらのことを、ご存じか」

「はい。ここではなんでございますので、中でお茶でも飲みながら。さ、どうぞ、こちらへ」

店に戻されて、奥の座敷へ通された。

女中に茶を運ばせると、廊下に控える店の番頭に、

「しばらく、幸一を遠ざけておくれ」

命じ、信平に向き直った。

「お話をさせていただく前に、失礼ですが、お名前を頂戴したく」

うかがう目を向ける。

「麿は、鷹司信平じゃ」

「鷹司様で──」

言いかけた田右衛門、ぎょっとして目を丸くし、

「京の五摂家の、あの鷹司様でございますか」

焦ったように、唇を震わせながら言う。

信平は笑みを浮かべた。

「麿は家を出た身。今は、二百石をいただく将軍家直参旗本じゃ」

それでも田右衛門は恐縮し、うやうやしく平伏した。

いささか大袈裟な態度に思えたが、そこは商人、ぬかりはない。

「改めまして、小野屋田右衛門にございます。朝鮮人参《ちょうせんにんじん》から熊胆《くまのい》まで、身体によいと

言われる物はなんでも扱っており、加賀様の御屋敷にも出入りをさせていただいておりますので、以後、お見知りおきのほどを」

「さようか」

さして興味を示さぬ信平に、田右衛門が少しだけ顔を上げ、探るような目をしている。

信平は飄々《ひょうひょう》と、面を上げるよう言った。

応じて居住まいを正す田右衛門に、改めて訊く。

「小野屋殿、四郎なる者のことだが」

「さようでございました。あの者は、倅《せがれ》の許婚を奪ったのでございます」

田右衛門の表情が、見る見る憎悪に満ちてゆく。

「倅が四郎の命を奪おうとしたのは、それだけの理由ではありません」

「と、申されると」

「あの男は、許婚を騙して手籠《てご》めにしたばかりか、言うことを聞かぬと世間にばらすと脅し、客を取らせていたのです」

「なんと……」

驚きの声をあげたのは佐吉だ。

気の毒に思う信平は、うな垂れる田右衛門にかける言葉もない。

田右衛門は、信平に助けを求める面持ちで、縷々として語った。

それによると、許婚の様子が変だと幸一から聞いた田右衛門は、人を雇って調べさせていた。初めは、四郎と恋仲になったのだと思っていたらしいが、よくよく調べさせてみると、高い金で客を取らせていることが分かった。それも、許婚だけではなく、何人もの女を騙しているらしかった。

そこまで語った田右衛門が、四郎は極悪人だと罵《ののし》り、信平に訴えた。

「手前の調べでは、少なくとも一月《ひとつき》に、百両は稼いでいるかと」

その分だけ女の涙が流れていると思うと、信平は、憤りを覚えずにはいられない。

「四郎の家は、分かっているのか」

田右衛門は残念そうに、首を横に振った。

「それが、どうにも分からないのでございます。倅があの夜襲おうとしましたのは、許婚を見張っていたからにございます。その許婚も、今はどこかの尼寺に逃れて、隠れておりますもので、手前どもには捜しようがありませぬ」

「そうであったか。幸一殿が麿を恨む気持ちが、分からぬではない」

「鷹司様を恨むなど、滅相もないことです。手前どもは、お止めくださいましたことをありがたく思っています。もしもあの時、倅が四郎を殺めでもしていたら、今頃どうなっていたか。考えるだけでも恐ろしゅうございます」

「しかし、このままでは、幸一殿のこころは晴れまい。四郎を捕らえて、恨みを晴らしてやりたいと思う。立ち寄りそうな場所も分からぬか」

田右衛門は、辛そうな顔をした。

「申しわけございません。今申し上げたことが、すべてでございます。これ以上は、お役に立てそうにありません」

「そうか。邪魔をした」

帰ろうとする信平を、田右衛門は思い出したように止めた。

「ひとつ申し上げるとすれば、騙した女にいかがわしきことをさせる場を、何ヵ所か持っているようです。その表向きは、料理茶屋ではないかと」

そのうちのひとつが、神楽坂にあるということか――

うなずいた信平は、幸一から目を離さぬよう言い置くと、佐吉と共に小野屋を辞去した。

五

四谷の屋敷に戻ると、五味正三が待っていた。

信平の姿を見て、驚いた顔で言う。

「信平殿、単衣でお出かけとは珍しいですね。とうとう、しつこい御隠居に負けたのです？」

善衛門が即座に不機嫌となる。

「おい五味、御隠居とは誰のことじゃ」

鼻息荒く言う善衛門に、五味は愉快そうに笑った。

「葉山家の御隠居だから、そう言ったまでですよ」

「わしは役目があるゆえ、隠居などではない」

「はいはい」

五味は軽くあしらい、黙って座っている信平に真顔で言う。

「今朝見つかった二人ですがね、身元が分かりましたよ」

信平は、聞く顔を向ける。

五味は立ち上がって信平の前に座り直し、同心の面持ちで教えた。

「金造からの知らせで自身番に足を運んで調べていた時、たまたま通りがかった非番の南町同心が、この仏さんは、滝川殿ではないか、とこう言うものだから、身元が分かったのですよ」

「何者だ」

「御書院番を務める外桜田の旗本、柴田家の家来で、下の名は将山。一応確かめるために柴田家の者に知らせたところ、自身番に来た者の証言で、女の身元も分かりました」

右腕を落とされて自害した、今泉辰之真の妻と聞いた信平は、気の毒になり、思わずため息を洩らした。

「共に亡くなった二人の繋がりは、あったのか」

「ありました。おなごの名は絹恵と言いまして、滝川殿とは、幼なじみだったようです」

「では、金造の見立てどおり心中なのか」

五味は難しい顔で腕組みをして、首を振る。

「金造はそう言っていますがね、おれは、違うような気がします」

「南町の同心が言いますには、滝川殿は無類の女好きだったらしく、金と暇さえあれば女郎屋に通っていたようです。幼なじみとどのような間柄だったかは分かりませんが、そのような男が、心中しますかね」

五味の考えに同じの信平は、小野屋田右衛門から聞いた話を教えた。

「と言うと？」

するると五味は、冷めた茶を一口含み、苦そうに顔を歪めて、信平に言う。

「なるほど、四郎という男、相当な悪党ですね。二人の死に、深く関わっていると思います」

黙って聞いていた善衛門が、口を挟んだ。

「殿、もしや滝川殿は、四郎の店に女を買いに出かけて、たまたま幼なじみに当たったのではござらぬか」

善衛門の推理に、五味が付け足した。

「なるほど、買った女が幼なじみで、店から助け出そうとして口を封じられた。うん、御隠居がおっしゃるとおりかも」

「わしが今言おうとしたことを、横取りするでない」

怒る善衛門をなだめた五味が、信平に言う。

「信平殿が睨んだとおり、首の傷は自分で斬ったものとは考えられないほどの深さでした。それに、もうひとつ、滝川殿の長いほうの刀を調べたところ、ずいぶんと刃こぼれしていましたしね」

「誰かと、戦ったか」

信平の推測に、五味がうなずいた。

「間違いないかと」

「では、早く四郎を捕まえることだ。小野屋の若旦那が、無茶をする前にな」

「来た甲斐《かい》がありました。捕まえてやりますよ」

五味は張り切って言い、探索に戻った。

だが、三日後に信平の屋敷を訪れた五味が、

「町方は、手を引くことになりました。後少しで四郎にたどり着けそうだったというのにです」

と、がっくりうな垂れてそう言った。

思わぬことに、信平と善衛門は、顔を見合わせた。

驚きを隠さぬ善衛門が、五味に問う。

「手を引くとは、どういうことじゃ」

「仏が見つかったのが神社で、二人とも武家の者でしたから、寺社奉行と徒目付《かち》が引き継ぐことになりました」

ああぁ、と仰向けになった五味は、悔しそうだ。

すぐに起き上がり、信平に身を乗り出す。

「それだけならまだしも、滝川殿と絹恵殿が、将来を誓った仲だったということが表沙汰となりましてね、あのくそ役人どもめが、心中ですませやがったのですよ」

「くそ役人とは、誰のことか」

問う善衛門に、五味は歪めた顔を向けて言う。

「ですから、寺社奉行と徒目付ですよ。闇に潜む悪党を探ろうともせず、色情のもつれによる心中と、決めつけました。女遊びばかりする滝川殿と妻女が不仲であったことも、心中と判断する決め手となったらしいです」

五味と同じく納得できぬ信平は、訊かずにはいられない。

「首の傷と、刀の刃こぼれはどう見られたのじゃ」

「首の傷は、力のある者なら深くなる。刀は、単に手入れ不足だと決めつけました」

「はなから、本気で調べる気がないようだな」

そう言った善衛門が、けしからんことだと罵った。

信平が五味に言う。

「このことは、小野屋の耳に届こうか」

幸一のことが、気になっていたのだ。

「出入りの岡っ引きから、聞くでしょうね」

「さようか」

信平は立ち上がった。

善衛門が見上げて問う。

「殿、小野屋に行かれますか」

「うむ。ちと、様子を見てまいる」

「では、それがしもお供をします」

善衛門が立ち上がろうとするのを、信平は止めた。

「五味」

「はい」

「四郎にたどり着けそうだったと申したが、どこまでつかんでいたのだ」

「例の、騙した女に客を取らせていることを調べて、繋ぎの方法が分かったもので、そこから辿《たど》ろうとしていました」

信平は、話を聞くためにふたたび座った。

五味が身を乗り出して言う。

「あの野郎、女郎屋に網を張って、羽振りがよさそうな客に声をかけていやがったんです。男を扱い慣れた女じゃないと聞けば、大金を出してでも買いたいってわけです」

「まあ、いやらしい」

言ったのはお初だ。

茶を持ってきたのを気付かず調子よく話していた五味は、慌てた。

「いや、今言ったのはおれの思いではなく、調べた同輩が言ったことですよ」

顔を真っ赤にして、誤解を解こうと必死である。

お初はそんな五味の湯飲を取り、立ったまま茶を注ぎはじめた。そして、荒々しく置いて去るお初の背中を、三人は恐々《きょうきょう》と見送った。

此度のことは、お初の力を借りられぬと思う信平は、五味に小声で言う。

「遊女がいるところに出向かねば、四郎の悪行を暴くことができぬ」

これには善衛門が慌てた。

「殿、それはなりませぬぞ、殿には松姫様がおられるのですから、いかがわしいところに行かれてはなりませぬ」

「分かっているとも」

信平は、まじまじと、五味の顔を見つめた。

ぎょっとした五味が、顔の前で手をひらひらとやる。

「言ったでしょう、町方は手を引いたのです」

「…………」

「いや、だから、そんな目をされても信平殿、おれは役に立てません」

「罪なきおなごが、苦しめられてもか」

「そ、それは」

「四郎を放っておけば、小野屋の若旦那が復讐《ふくしゅう》をするやもしれぬ。そうなれば、四郎に討ち取られて命を落とすか、首尾よく討ったとしても、下手人になる。それでもよいと申すか」

目尻を下げて困り顔の五味は、ちらりと信平を見て、嘆息《たんそく》を洩らした。

「分かりましたよ、行けばいいんでしょ、行けば。信平殿に頼まれて、遊女がいるところに行きます」

台所に聞こえる大声で言った五味に、

「うるさい！」

お初の声が返ってきた。

六

この夜、五味正三は、縮緬《ちりめん》の小袖と袴に、黒絽織《くろろおり》の羽織といった身ごしらえで、葺《ふき》屋《や》町の吉原へ出かけた。

信平の脅し言葉に折れて四郎を捜しはじめて、今日で五日目になる。昨日までは鬱《うっ》陶《とう》しい雨が続いていたが、やっと曇り空になった。

まだぬかるんでいる道の水たまりをさけて、先を急ぐ。

普段は袴を使わず、小袖に墨染めの羽織を着ているのみの五味だが、今は十手《じって》を懐に隠し、いかにも金を持った武家という雰囲気をかもし出して、女を選ぶふりをしながら歩いている。

これまで、知っている限りの女郎屋を回ってきたが、四郎らしき男から声をかけられることがなく、残っていた吉原に足を運んだ五味である。

仕方なく四郎捜しを引き受けたものの、肝心の顔を知らぬ五味は、声をかけてきた男をいちいち疑い、誘い言葉に耳をかたむけたが、皆店に引き込もうとするばかりで、それらしき者ではなかった。

吉原に足を踏み入れて半刻もせぬうちに、十数人もの男に声をかけられたが、やはりそれらしい誘いはない。

今夜も出ぬかとあきらめ、疲れを感じはじめていた時、

「もし、そこのお侍様」

声に応じて立ち止まると、店の軒先の暗がりから、男が現れた。

「それがしに、何か用か」

いかにも身分がありそうな物言いで応じると、

「女を決めあぐねておられるようですね、お侍様」

上等な身なりをした男は、やや顔を伏せ気味にして、探るような目を向けてきた。

こやつだ――

同心の勘が働いた五味は、いかにも嬉しげに、助兵衛《すけべえ》そうな笑みを浮かべて見せた。

「さよう。どうも、これというのがおらぬ」

「吉原でも、好みがいませんか」

「馴染《なじみ》がおらぬでもないが、近頃はその、それがしの扱いに慣れてきおってな、おもしろうないのだ。新しきおなごを求めようと思うて来たのだが、吉原広しといえども、なかなかおらぬものだ」

「さようで」

「せっかく来たのだから、馴染のもとへでも行くとしよう」

立ち話を終えて去ろうとすると、

「よろしければ、わたしがご案内しますが」

引き止めてきた。

五味は不思議そうな顔をつくり、

「おぬしが？　よいおなごを知っていると申すか」

「それはもう、上等なのを」

「まことか」

乗り気を見せると、男が歩み寄って小声で教えた。

「武家の娘もいれば、大商人の箱入り娘もおりますよ。お侍様のお好みどおり、男の扱いにも慣れておりませぬ」

この男が四郎だと確信した五味は、

「気に入った。案内いたせ」

鼻の下を伸ばして見せた。

「五両ですが、よろしいですか」

信平から聞いていた値段だけに、驚きはしない。

「金はある。早う連れて行け」

「では、こちらへ」

四郎の案内に従って吉原から出ると、外に駕籠が待っていた。

促されるまま乗り込む五味であるが、ちらりと暗がりに目を配り、金造が潜んでいるのを確認した。

五味を乗せた駕籠は、神田川沿いをのぼって神楽坂まで行くと、細い路地に入り、料理屋の前で止まった。

「さ、どうぞ」

案内されて中に入り、見張りが立つ渡り廊下の先にある離れに通された。

なるほど、これじゃぁ、訴えがない限り御上の目に届かぬ――

巧みなやりくちに、五味は舌を巻いた。

程なく、障子の外に人が座り、ゆっくり引き開けた。

現れた女は、五味が瞠目《どうもく》するほどの美人であり、身なりから察するに、武家の者だ。

女は中に入って障子を閉めると、奥に座る五味の前に来て、強張《こわば》った顔であいさつをした。

騙され、身体を売らねばならぬ女の心情を思うと、情に厚い五味は腹が立ち、同時に、信平に言われたことを思い出し、こころが締め付けられた。

これは、寺社方や徒目付がどうのこうのと言っている場合ではない。滝川と絹恵殺しを暴き、四郎の一味を捕らえることでしか、女たちを救えぬ。

黙って身を寄せる女の肩を抱き起こし、

「そのようなことはよせ」

懐の十手を見せた。

はっと目を見開き、腕を振り払って逃げようとする女を抱き止める。

「案ずるな、そなたらを助けるために来たのだ。騒がずに、話を聞かせてくれぬか」

静かな声で言い聞かせると、女は落ち着きを取り戻した。

「ここに入れられた経緯を話してくれぬか。四郎の悪事を暴き、しょっ引いてやるからよ」

千乃《ちの》と名乗った女は、五十俵取りの御家人の妻であった。子はなく、夫がお城での宿直《とのい》が多いため、寂しい日を過ごしていたのだが、ある日、気晴らしに芝居見物に出かけた帰りに、四郎から声をかけられたという。

女の扱いに慣れた様子の四郎のことなど、初めは相手にしていなかった。だが、その日から幾度か顔を合わせるようになり、気付いた時には、こころの隙間に入り込んでいたという。そして、人目をはばかる仲になったのだ。

「それが、地獄のはじまりでございました。二人の仲を夫にばらすと脅され、ここに連れてこられたのです」

四郎は主に、役目がら宿直をする夫を持ち、他に家の者が同居していない奥方を騙しているらしく、他にも、千乃と同じ目に遭わされている者がいるらしかった。

たとえ夫にばれたとしても、御家の恥が世間に知れることを恐れ、泣き寝入りをする。四郎はそこに目を付け、甘い汁を貪《むさぼ》っているのだ。

五百石の旗本今泉辰之真の妻絹恵にしても、城のお役目で留守にしがちな夫や家来の目を盗み、四郎の呼び出しに応じていたのだ。

様子がおかしいことに気付いた家来の尾行により、絹恵の不義が辰之真の知るところとなり、あのような悲劇を招いた。

千乃の話を聞き終えた五味は、四郎の腐った性根を知り、怒りに身を震わせた。

今すぐ縄をかけたいところだが、

「ここは、法泉寺《ほうせんじ》の別当地にございます」

千乃のこの一言で、動けなくなった。

寺の領地である以上、町方が手を出せぬ。もし明るみに出れば、五味はともかく、ここで働かされていた女たちが、寺地を汚した罪に問われる恐れがある。

どうすればよいか――

考えた五味は、信平を頼るしかないと思い、今の自分にできることをしようと決めた。

「よう話してくれた。四郎の悪事も長くは続かぬゆえ、安堵されよ。それより、そなたをここから出したいのだが」

「お相手をしていただければ、帰れまする」

「待て待て、そのようなことはせぬ」

「しかし、このままお帰りになられたのでは、次の客をとらされます。あなた様ならば……」

帯を解こうとする千乃の手を止めた。

「酒でも舐《な》めながら、このまま刻が経つのを待てばよい」

「ありがとうございます」

すがるような目を向ける千乃の美しさに、五味は思わず、唾を飲み込んだ。

七

行灯《あんどん》の火を落として、一刻が過ぎた。

「そろそろ、頃合いか」

身じろぎもせずにいた五味が立ち上がると、千乃が羽織をかけてくれた。

「まことに、この後帰れるのだな」

念を押すと、千乃が唇に笑みを浮かべてうなずいた。

「では、達者で暮らせ」

五味は自ら障子を開けて廊下へ出た。

渡り廊下を見張っていた無頼の男が、帰る五味に、いやらしげな薄笑いを向けてきた。

「世話になった」

廊下を渡った五味は、見送る男にそれだけ言うと、出口に向かった。すると、障子が開けられ、中から無頼者と四郎が出てきた。

行く手を塞ぐ無頼者を睨み、

「なんの真似だ」

言うと、

「お侍さん。今宵の女は、満足していただけましたので？」

四郎が顔色をうかがう。

「なかなかに、よいおなごであった」

「その割には、ずいぶんと静かなようでしたが」

「そうか？」

五味がとぼけた顔をすると、四郎は悪い笑みを浮かべる。

「ええ、あの女は、いつもはここまで聞こえるほど、喜びの声を出すものでね」

ねちこくまとわり付くような目を向けた四郎がそう言うと、無頼者たちが懐に手を入れた。

四郎がさらに言う。

「お侍さん、あんた、方々の岡場所を回っていたようだが、いったい、誰を捜していたんで？」

「さあ、知らぬ」

「とぼけなさんな、あっしを捜していたんでしょう。ええ？　八丁堀《はっちょうぼり》の旦那さんよう」

五味は一瞬目を見開いたが、すぐに開き直った。

「ほぉう。知っていてここへ連れてくるとは、いい度胸だ」

五味が十手を出し、四郎に向ける。

「てめぇの悪事は明白だ。神妙にしろ！」

四郎は声に出して、馬鹿にして笑った。

「笑ってられるのも今のうちだぞ！」

五味が怒鳴ると、四郎は睨んだ。

「旦那、ここは寺社地だ。町方の十手なんざ役に立ちませんぜ」

「ふん、そう言うと思ったぜ」

五味は十手を懐に戻し、刀の柄に手をかけた。

「だったら、斬るまでだ」

四郎が怒気を浮かべて下がる。

「やろうっ！」

無頼者たちが一斉に匕首を抜いて身構えた。

四郎は、子分が差し出した刀の柄に手をかけて抜刀し、

「斬れるもんなら、斬ってみな」

鋭い目を五味に向けて対峙した。

五味は抜刀して庭に下り、刀の切っ先を向けて威嚇《いかく》しつつ、じりじりと出口に下がる。

逃がすまいとする無頼者たちが、退路を塞ぐ。

他の客が騒ぎに気付いて障子を開けたが、無頼者に睨まれ、慌てて閉めた。

その刹那、一気に空気が変わり、ぴんと張り詰めた。

背後の無頼者が匕首の切っ先を向け、五味の腰を狙って突進した。

殺気に振り向いた五味が刀を振ると、無頼者が咄嗟《とっさ》に飛びすさり、刃をかわす。

五味はすかさず四郎に向き直り、

「おりゃぁ！」

刀を大上段に振り上げ、打ち下ろした。

四郎が下から払い上げた刀で弾かれ、

「あっ」

いとも容易《たやす》く、五味の手から刀が飛んだ。

槍《やり》を取れば天下無双だが、剣術は子供より弱い五味である。慌てて十手を取り出し、身構えた。

切っ先を上に向けて、柄を右の脇に引き付けた四郎は、隙のない構えを見せる。

これを見て、
かなりの遣い手――

五味は歯を食いしばり、周囲に気を配りながら、慎重に十手を構えた。

四郎が嬉々《きき》とした目で言う。

「勝ち目はねぇな、八丁堀の旦那」

「黙れ！」

「まぁ、安心しな。一人じゃ死なせやしねぇから。おめぇさんにいらぬことをしゃべりやがった女と、仲良くあの世へ送ってやるぜ」

「てめえ、滝川と絹恵を心中に見せかけやがったな」

「あの助兵衛侍のことか。はて、どうだったか。忘れたなあ！」

四郎は目を大きく開けて言い、刀を大上段に振り上げた。

十手で受けながら目をつむる五味の頭に刀を打ち下ろそうとした刹那、飛んできた小柄が四郎の腕に刺さった。

「うっ」

手首に突き刺さる小柄を抜いて捨てた四郎は、庭に入る人影に鋭い目を向けた。

「だ、誰だ！　てめぇは」

「罪なき者を苦しめる者に、名乗る義理はない。麿が成敗するゆえ、覚悟いたせ」

「ふん、なにが麿だ。このおれを斬るとは、片腹痛いことを言いやがるぜ！」

四郎が刀を構えるのを見た五味が、

「信平殿、手強《てごわ》いから気をつけろ」

そう教えて、離れ屋に背を向けて立った。千乃が顔を覗かせたのが見えたからだ。

「旦那、これを！」

信平を連れてきた金造が、五味に六尺棒を投げた。

槍ではないが、五味にとっては刀よりありがたい。俄然《がぜん》勢いを取り戻し、匕首を向けて襲ってきた無頼者どもを、次から次へと打ち伏せた。

それには目もくれず、四郎は信平と対峙している。

「死ね！」

初めは、ひ弱な公家と侮った四郎であるが、いざ斬りかからんとした時、凄まじい剣気に出鼻をくじかれ、一歩も動けなくなった。

先ほどまでの余裕は消え失せ、狐丸を抜いてもいない信平に、怖気づいている。

「こ、この野郎」

剣術道場で一刀流を身につけていた四郎は、己を奮《ふる》い立たせ、正眼の構えから脇構えに転じると見せかけて、

「てや！」

袈裟懸けに打ち下ろした。

狩衣の袖をひらりと振って刃をかわした信平に苛立ち、

「たりゃぁ！」

大上段から斬り下ろさんと振り上げたが、

「うっ」

喉から不気味な声をあげて、目を見開いた。その背後には、恐ろしい形相をした幸一がおり、手ににぎった出刃包丁は、四郎の腰のあたりに深々と突き入れられていた。

目を充血させた四郎が幸一に振り向き、

「こ、この、やろ」

つかみかかったが、足から崩れるように、倒れ伏した。

肩で大きな息をしている幸一は、その場に膝を突いてへたり込み、唇を震わせながら、何度も、許婚の名を呼んでいた。

八

「まいった。今回ばかりは、まことにまいった」

五日の後に信平の屋敷を訪れた五味は、目の下にくまができていた。

事件の仕置きが決まり、大怪我を負いながらも助かった四郎と、その手下どもは、ことごとく打ち首が決まった。

捕らえられた一味の者が、寺社方による拷問を恐れて白状したことによれば、四郎のみならず、人を騙すことに長《た》けた者が言葉巧みに女を口説き、脅迫して客を取らせていた。

幼なじみで、一度は将来を誓い合っていた絹恵を助けようとした滝川将山は、見張り役を斬って逃げようとしたのだが、追ってきた四郎たちに囲まれてしまい、八幡神社の境内で殺害された。

下手人の自供は、寺社地で悪しきことがおこなわれていたうえに、滝川のことを心中と片付けていた寺社方にとっては都合が悪く、ことを荒立てぬために一味を速やかに処罰し、脅されていた女たちは、すべてお咎めなしと決まった。

事件を解決した五味は、褒められるどころか、寺社方から酷く抗議を受けることになり、

「御奉行から、きついお叱りを受けました。いや、まいりました」

口ではそう言っているが、四郎を刺した幸一の罪を軽くするために奔走して慈悲を得て、罪を減じられ、百たたきの刑に処せられたことが嬉しいようだ。

「つい先ほど、迎えの者に引き渡したところです」

疲れたと言い、がっくりと肩を落とす五味の前に、湯気が上がる味噌汁を載せた膳が置かれた。

目を丸くした五味が、お初を見上げて、

「おれのために、作ってくださったのですね」

感激すると、

「残り物です」

お初は即座に答え、つんとした顔で去っていった。

五味は目をぱちぱちさせたが、熱い味噌汁に口をつけ、

「旨い！」

嬉しげに、舌鼓を打った。

信平は、開けられていた襖の端に、お初の着物の袖を見つけ、唇に笑みを浮かべた。


この日から一月後に、信平は小野屋田右衛門の訪問を受けた。

「その節は、倅がご無礼をいたしました。ごあいさつが遅れ、申しわけございません」

菓子箱を差し出す田右衛門の顔色が優れぬのを気遣うと、

「はは、倅が、出家をいたしたものですから、いささか気落ちをしております」

人を刺した者が、人を救うための薬を売ることはできぬと、跡継ぎの座を弟に譲り、出家を決めたという。

尼寺に隠れていた許嫁が出家していたことも聞いた信平は、幸一は、許婚を追ったのであろうと思った。俗世から離れ、仏に仕えることで、許婚と結ばれようと考えたのではないか。

信平は、寂しそうな田右衛門から目を離し、顔を外に向けた。

生ぬるい風が書院の間を吹きぬけ、遠くの空では雷鳴が轟《とどろ》いている。

梅雨が、明けるのであろう。

第三話　女剣士

一

この日、江島佐吉は久々に東大久保村に足を運び、豪農、両山四郎左衛門《りようやましろうざえもん》を訪ねた。

「今年はいい菊がたくさん咲きました。夫婦で見に来なされ」

小作人の倅が届けた手紙にそう書いてあり、

「まあ、四郎左衛門さんの菊なら、見てみたいですねぇ」

妻の国代が行きたがるものだから、休みの日を利用して見物に出かけたのだ。

自慢の菊に気分を良くしている四郎左衛門に昼餉《ひるげ》を馳走《ちそう》になり、借りている家の家賃をすませて帰途についたのであるが、村はずれの、雑木林に囲まれたくだり坂にさしかかった時、佐吉は立ち止まった。

「お前様?」

「しっ」

妻の口を制し、耳をすました。

微かだが、人が争う声がする。

坂の下からだ。

「国代、そこの杉の根元へ隠れておれ」

「はい」

顔を青ざめさせる国代の肩をつかんで優しく押した。

国代が杉の大木の下に潜むのを見届けた佐吉は、急いで坂を駆け下りた。

坂道を曲がると、土下座をした侍の頭を、浪人らしき髭面の男が踏みつけていた。

死にたくなければ、金を出せと脅している。

だが侍は刀を抜く様子もなく、額を地にこすりつけ、ひたすらあやまっていた。

他にも、二人の男が立っている。袴を着けた後ろ姿は、浪人者に思えた。

佐吉が気付かれぬように近づくと、

「おい、はよせい」

「このように情けなき奴が仕える家は、さぞ迷惑しておろう、斬ってしまえ」

などと言いながら、顔を見合わせてにやけている。

佐吉は、静かに抜刀して峰に返すと、一気に迫った。

足音に気付いて振り向いた浪人の一人が、

「わわ！」

目の前に迫る大男に目を見開き、もう一人は、

「何者！」

刀の柄に手をかける。

刀を抜こうとしたが、抜き切る前に佐吉が額を打つ。

呻き声をあげて昏倒した仲間を見た浪人が、恐怖に引きつった顔で刀を抜く。

大男の佐吉に切っ先を向け、

「く、来るな」

必死の形相で振り回し、まるで獣でも追い払うように威嚇している。

迫る佐吉。

浪人は悲鳴をあげて刀を振り上げた。

迫る佐吉に打ち下ろしたが、大太刀で刀を弾き飛ばされ、鳩尾《みぞおち》に大きな拳を入れら

れた。

「おええ」

胃の中の物を戻すような呻き声を吐いた浪人は、倒れている仲間と重なり合うようにして気絶した。

侍の頭を踏みつけていた髭面の浪人が、佐吉を睨んできた。そして、抜刀して斬りかかったが、佐吉は大太刀を右手で振るって弾き上げ、

「おりゃ！」

気合をかけて打ち下ろした。

「うわ！」

肩を峰打ちされた髭面の浪人は目を見開き、道に倒れて悶絶《もんぜつ》した。

助けられた侍は、佐吉の早業に目を丸くしている。

月代《さかやき》に泥を付け、額に血を滲ませているが、かまわず佐吉に向くと、

「鞘が触れたと因縁をつけられ申した。お助けいただき、かたじけのうござる」

かしこまって地べたに平伏した。

「怪我はないか」

「はい」

「こ奴らが目をさますと面倒だから、早う、ここから立ち去られよ」

「はは、まことに、なんとお礼を申し上げればよいか。あの、せめてお名前を――」

侍が頭を上げた時には、佐吉はその場を離れ、国代を迎えに坂をのぼっていた。

「あの！」

声をかけてこようとする侍に、佐吉は早う去れと言った。

侍は深々と頭を下げ、坂を駆けくだった。

佐吉は、国代にもういいぞと声をかけた。

出てきた国代が、

「何があったのですか？」

そう言って、心配そうな顔をしている。

「浪人と侍の争いごとだが、案ずるな。もう終わった」

佐吉はそう言い、浪人どもが気絶している坂を通るのをやめて道を変えた。

遠回りになるが、西大久保村の坂をくだり、武家の下屋敷《しもやしき》の土塀が続く道を歩んだ。

ぐるりと回り、大名家の下屋敷が並ぶ道にさしかかった佐吉と国代は、田圃の中から見ている者がいるとも知らずに、帰りを急いだ。

刈り取って干されている稲の陰に隠れているのは、先ほど、佐吉に邪魔された浪人どもだ。

意識を取り戻すなり、

「おのれ、このままではすまさぬ」

頭目が怒りに身を震わせて、佐吉を捜していたのだ。

手下が、髭面の頭目に言う。

「あの大男め、おなごを連れておるぞ」

頭目は髭をさすり、悪だくみを思いついた。

「大男をたたき斬って、女をいただく。先ほどは油断したが、次はそうはいかぬ。思い知らせてやる。行くぞ」

「おう」

先回りをして待ち伏せるべく、浪人どもは田圃の中を走った。

そうとは知らず、佐吉は国代とたあいのない話をしながら、時には大声で笑って歩いている。

はたから見れば油断しきっているように思えるが、平常無敵流《へいじょうむてきりゅう》を遣い、四谷の弁慶などと噂されたほどの剣客である。

「むっ」

陰に潜む剣気に気付き、妻の手をにぎって背に回すと、

「そこにおる者、出てこい！」

鋭い目を前方に向けた。

苔《こけ》むした土塀の陰からぞろりと出てきた髭面の浪人が、薄笑いを浮かべた。

「先ほどは不意を突かれたが、次は油断せぬぞ。たたっ斬る！」

勇む声に応じるように、一人、二人と仲間が出てきた。

佐吉は睨む。

「逆恨みをして、また痛い目に遭わされたいのか」

佐吉が妻を下がらせ、前に出て浪人どもと対峙した。

髭面の浪人が言う。

「上方《かみがた》では悪鬼《あっき》三人衆と恐れられたおれたちだ。本気を出せばどうなるか、思い知らせてくれる」

一斉に抜刀するのに応じて、佐吉も大太刀を抜いた。

浪人どもがじりじりと間合いを詰めるが、佐吉は仁王立ちで、右手ににぎる刀は下げたままだ。

これを隙と見た手下の浪人が、
「てやぁ！」
大上段から袈裟懸けに斬り下ろした。
下から払い上げた佐吉の大太刀と刃がかち合い、
「うっ」
またもや刀を弾き飛ばされた浪人が下がる。そして、目の前に迫る佐吉を見上げて
恐怖の声をあげ、尻餅をついた。
佐吉はそれには目もくれず、この隙に横をすり抜けて妻を襲おうとしたもう一人の
手下の襟首をつかみ、左手一本で投げ飛ばした。
腰を抜かしていた浪人の上に落ち、二人は呻き声をあげている。
残った髭面の浪人が、恨みと怒りに歯をむき出して、佐吉に斬りかかった。
大太刀で受け止め、刀身を巻き込むように地面に押さえつけた佐吉は、
「むん！」
肘を相手の顔面に入れた。
鼻血で髭を汚した浪人が、前歯もすべて折られ、呻き声をあげて突っ伏した。
佐吉はその浪人の帯をつかみ、二人の前に投げ飛ばし、

「貴様ら、覚悟はできておろうな」

恐ろしい形相で、大太刀を大上段に振り上げた。

「ひっ！　お、お助け」

三人が恐怖に顔を引きつらせ、足をばたつかせて後ずさりした。

「その汚い面を三度見せたら、今度こそ首を刎《は》ねてくれる。分かったか！」

大音声で怒鳴るや、三人は飛び上がるように立ち、刀を放り投げたまま逃げ去った。

浪人たちが逃げて行った雑木林の中から、

「鬼じゃ、鬼が出たぁ！」

悲鳴のような声が響いてきた。

「誰が鬼じゃ、無礼な」

憤慨した佐吉が、ぶつぶつ言いながら大太刀を納刀し、捨てられた刀を拾っていると、背後に気配を感じて振り向いた。

「まだいたか」

振り向くと、月代のてっぺんを佐吉に向けて、侍が地面に平伏していた。

先ほど、佐吉が助けた侍だ。

「おぬし、ここで何をしておる」

それには答えずに、侍は顔を上げた。

「お願いにござる。拙者に剣術を指南していただきたい！」

「は？」

突然のことに、佐吉は呆気《あっけ》にとられた。

二

山波一郎《やまなみいちろう》と名乗った侍は、佐吉がうんと言うまで、てこでも動かぬ様子だった。

困った佐吉が理由を訊くと、山波は目を輝かせて言う。

「あなた様の戦いぶりを見て、感服いたしました」

「そうではない。見知らぬ者に指南を頼む理由を聞かせろと申したのだ」

「強いと思うたから頼んだ。それではだめですか」

「だめとは言わぬが」

「では、よろしいので」

「まあ待たれよ……」

山波の強引さに、佐吉は苦笑いを浮かべた。家来にしてくれと信平に迫った自分に、似ていると思ったからだ。そして、思いつく。

「強くなりたいのは、何かわけがあるのではないか。困っていることがあるなら、我が殿にご相談してみてはどうか」

山波は考える顔をしたが、探るような目を向けてきた。

「失礼ですが、どなた様にお仕えでしょうか」

佐吉は胸を張る。そして、

「鷹司松平、信平様だ」

聞いて驚くなと自慢げに、名を告げた。

公家から旗本になった信平のことは、名前だけは知っていたようだ。驚いた顔をして、自分も告げる。

「拙者は、五千石旗本、杉筑後守長広《すぎちくごのかみながひろ》に仕えております。さようですか、松平信平様ご家中の方ですか。松平様のお噂は、耳にしたことがございます。そのようなお方にお仕えするあなた様なら、なおのことお願いいたしまする。どうか、拙者に剣術の御指南を賜りたい」

拝むように手を合わされて、佐吉は困り果てた。鷹司松平家に仕える者と知れば、恐れ多いとあきらめると思っていたのだ。

「すまぬが、お断りする」

「そうおっしゃらずに、拙者を助けると思うて、このとおりにござる。このとおり」

「そこまでしつこくされるのは、やはり、よほどのわけがあると見た。人に言えぬこ
となら、軽はずみに受けることも、関わることもできぬ」

佐吉が行こうとすると、言います、と、山波は追いすがった。

振り向いて顔を見ると、山波は、悔しそうに言う。

「強くなって、妻を、見返してやりたいのです」

佐吉はいぶかしむ。

「どういうことだ」

山波は、離れて待っている国代にちらりと目を向け、佐吉に小声で言う。

「強くなって、妻から一本取ってやりたいのです」

「つまり、剣を交えるのか？」

「はい」

「もう一度訊く。妻女と勝負するのか」

「勝ちたいのです」

「木刀か、真剣か」

「木刀です」

「妻女を木刀で、打ちたいのだな」

「いつも打ちのめされておりますから、見返してやりたいのです」

「女房を痛めつけるための剣術など、誰が教えるものか、帰れ！」

国代を大切にしている佐吉にしてみれば、木刀で女房を打つために強くなりたいなどとほざく山波も、先ほどの浪人どもと変わりない。

帰らねば斬ると脅し、追い払おうとした。

だが、必死の山波は、引き下がるどころか近づいて離れない。

「お願いにござる。拙者、これこのとおり、妻に打ち負かされてばかりで悔しいのでござるよ」

ばっと着物の前を開いた山波の身体は、肩や胸に青あざがいくつも浮かび、酷いありさまだ。

佐吉は痛そうな顔をした。

「相当やられたな。怒らせるようなことをしでかしたのか」

山波は必死にかぶりを振って否定した。

「気に入らぬことがあると、すぐに試合だの稽古だのと言い、気がすむまで打つのです。あんまり腹の立つものですから、いつか一本取ってやると稽古に励みましたが、歯が立ちませぬ」

これまで一度も勝ったことがないと言う山波は、目に涙を浮かべて頼んだ。

佐吉は迷惑そうな顔をした。

「今日たまたま出会ったわしなど頼らず、道場に通えばよかろう」

あくまで、女房に勝つための剣など教える気がない佐吉である。

だが山波は、切羽詰まったような顔で言う。

「通いたくとも、できぬのです」

「金がないのか」

「こう見えても二十五石をいただいております」

「ならば、通えばよろしかろう」

「ですから、できぬと申しておるのです。杉家には剣術指南役の阿尊源乃殿《あそんげんない》がおられるゆえ、町の道場へは通えぬのでござるよ」

「わしに習うことも、同じであろうが」

「いいえ、道場でなくば、指南役にばれませぬ。哀れな男を助けると思うて、こっそり、教えていただけませぬか。このとおり」

また拝むようにされたが、

「断る」

佐吉はきっぱりと言い、国代の手を引いてその場から去った。

がっかりした山波は、大きなため息をついて立ち上がると、とぼとぼ歩みを進めた。近くにある杉家の寮で、上役から言われた用を夕方までにすませた。すぐ帰ればいいものを、市谷の自宅に足を向ける気になれず、かといって、今日は宿直ではないため杉家の屋敷に帰ることもできぬ。あてもなく歩いていた時、酒を飲ませてくれる小料理屋が目にとまり、迷うことなく入り込んで、冷や酒をひっかけた。

無理をして五合も飲み酔った山波は、酒の力を借りて今日こそは女房を黙らせてやると意気込んで、店を出た。勇んで家路についたものの、市谷の家に着く頃には酒を飲んだことを後悔しはじめ、いよいよ家の前に来ると、妻のことが頭に浮かび、首筋に冷や汗が流れた。

静かに門を開けて入り、音を出さぬようにそっと閉める。表の戸口には行かず裏に回り、大きな月に照らされた庭を進んで濡れ縁から上がり、自分の部屋の障子を開けた途端、思わず息を呑んだ。

月明かりが差し込む座敷に、妻の菫《すみれ》が座っていたからだ。

「お、起きていたのか」

山波の言葉に応じぬ菫は、目を伏せて顔を見もせず、

「お帰りなさいませ」

冷めた口調で言う。

山波が、うむ、と言って部屋に入るなり、菫はじろりと見上げた。

「お酒臭い」

「顔見知りにばったり出会って、誘われたのだ」

山波の言いわけを看破《かんぱ》しているかのごとく、菫は不機嫌な顔で立ち上がり、刀を受け取るでもなく居間に戻った。

冷め切った夫婦の仲を痛感した山波は、大小を腰から外して刀掛けに置くと、その場に正座して背を丸め、ため息を洩らした。

家禄《かろく》二十五石の山波は、杉家が町中に所有する徒長屋に暮らしているが、下僕も雇っておらず、夫婦二人の生活だ。

二十歳の時に二つ年下の菫を娶《めと》って十年と三ヵ月が過ぎるが、未だ子宝に恵まれず、夫婦のあいだに会話もほとんどない。

菫は五十石取りの御家人の次女だが、幼い頃から実家の近所の剣術道場に通っていて、嫁にもらった十八の時には、師範代を務めるまでの腕前だった。だが菫の父親は、それを隠していた。

菫が一刀流の女剣士であることを知ったのは三年前。山波が剣術指南役の阿尊に相手をするよう命じられ、酷く打たれて戻った時だ。

傷の手当てをしてくれた菫は、今日はまいった、と笑いながら言う山波の呑気さに、次第に不機嫌になり、

「あの程度の指南役に負けるのは、武家として情けないことと思われませ。傷が癒えましたら、わたくしがお相手をいたしましょう」

と、師範代をしていたことを打ち明けたのだ。

その日から、山波は杉家の道場で同輩に打たれ、家では、妻に打ちのめされるようになった。

そんな辛い日々が続いていた時に、佐吉が無頼の浪人どもを蹴散らす姿を見て、御仏かご先祖の導きで強い剣客に出会えた、と大喜びし、強くなれると希望を抱いた。

それゆえ、弟子入りをあきらめ切れぬ山波であった。

羽織を脱いでいると、居間に続く襖が開けられた。

「お前様、今日の稽古をいたしましょう」

頭に白い鉢巻を巻き、小袖に襷をかけた菫が、白い袴を穿《は》いて身支度を整えて現れた。手には、愛用の木刀を持っている。

「さ、お庭へ」

表の庭は、大名家下屋敷の広大な庭園に隣接するため、大声をはりあげても迷惑にならぬ。ゆえに、菫は遠慮なく、夫に稽古をつけることができるのだ。

酒を飲んだことを後悔したのは、菫が許さぬと思うたからだ。まだ酔っているため気が乗らぬ山波であったが、こうなっては、どうにもならぬ。黙って木刀をにぎり、妻が待つ庭へ下りた。

「さ、構えませ」

「うむ」

山波が正眼に構えるのに応じて、菫も正眼に構えた。その切っ先にぶれはなく、まったく隙がない。

山波が脇構えに転じて誘うが、菫はゆるりと構えたままだ。

剣気によって、次第に大きく見える菫の姿に圧《お》されて、山波が先に動いた。

「やあ！」

脇構えから振り上げ、肩をめがけて打ち下ろしたが、菫は身体を横に向けてかわす。その刹那に、山波は腰を打たれた。

顔をしかめて振り向き、

「おお！」

気合をかけて幹竹《からたけ》割りに打ち下ろす。

菫は珍しく受け止めた。

「しめた」

鍔《つば》迫《ぜ》り合いになれば、男の山波に分がある。今日こそは一本取れると思い、一気に押した。

「おりゃぁ！」

突き放した隙に打ち込んでやると気合をかけたが、腕に力を込めて押した途端に、肩すかしを食らった。

つんのめった山波は、慌てて振り向いた。その目の前に菫の顔があるのにあっと息を呑む。

勝ち誇った菫の顔に、どうにも我慢ができなくなり、

「隙あり！」

木刀を捨てて、抱き付いた。

三

「わしに客ですか」

信平の部屋の廊下に控えていた佐吉は、来客を告げに来たお初に、不思議そうな顔を向けた。

「はて、誰です？」

「山波と申されましたが」

「え？」

驚く佐吉に、信平の前に座る善衛門が、渋い顔を向けた。

「いかがしたのだ」

「今朝お話しした者が、訪ねてきたらしいのです」

「ほう、佐吉に相当惚《ほ》れたのだな」

「ご老体、からかわないでくださいよ」

「誰がじじいだと」

口をむにむにとやる善衛門であるが、佐吉は相手にする場合ではないらしく、困った顔をお初に向けた。

「追い返してください」

「顔を見る限り、そう容易く帰りそうにないわよ」

お初が言うのを聞いていた信平が、佐吉に言う。

「よほどの思いとみえる。無下にせず、会うたらどうだ」

「しかし殿、弟子にしてくれと言うに決まっておりまするぞ」

「佐吉、殿に家来にしろと迫ったお前にそっくりではないか」

またもや善衛門がからかった。

佐吉は不機嫌を面に出す。

「女房に勝つために教える剣術など、わしは知りませぬ」

どうにもいやがる佐吉に代わり、

「では、麿が会うとしよう」

信平がお初に、書院の間に通すよう告げた。

武鑑を頼りに屋敷を探してきたと言う山波は、信平に会えるとは思ってもいなかったらしく、書院の間の下座でうやうやしくあいさつした後、信平が促しても、顔を上げようとしない。

そんな山波に、信平は問う。

「佐吉から話は聞いた。剣術を教えてほしいのか」

「はは。是非とも、江島殿に御指南を賜りたく」

「ふむ。山波殿、そのままではこちらも話しづらい、面を上げられよ」

信平が改めて言うと、

「はは」

山波はようやく、顔を上げた。

「や、どうなされたその顔は」

顔を見るなり問うた善衛門が、笑いを堪えている。

「はぁ」

照れ笑いを浮かべる山波は、右目に青あざを作り、痛々しい顔をしていた。

お初が先ほど、顔を見る限り、と言った意味が、今になって分かった。

山波が言う。

「昨日、妻と剣術の稽古をしようとしたのですが、その、我慢ならずに別のしあいを挑みましたら、見事に拳を入れられまして」

信平が訊く。

「別の試合とは、なんじゃ」

「はあ、夫婦のしあいでございますが、昨日は受けてくれませなんだ」

飄々と答える山波に、信平が首をかしげるのを見た善衛門と佐吉が、吹き出した。

信平が顔を向ける。

「善衛門、知っておるのか」

「は、まあその、いずれ殿もご経験なさることかと」

善衛門がひとつ咳《せき》をして、話題を変えた。

「ところで山波殿、ご妻女は、武芸が達者のようじゃな」

「はい。一刀流の師範代を務めたほどでして、技が衰えるどころか、近頃は冴《さ》えに冴えております る」

なんとか打ち負かさねば、身が保《も》たぬと言う山波の身体は、小柄で痩せている。

佐吉から痣《あざ》のことを聞いているだけに、哀れに思えてきた信平は、廊下に控える佐吉に顔を向けた。

「佐吉」

「はは」

「一度、手合わせをしたらどうじゃ」

「しかし……」

「ご妻女は一刀流の達人と申されたのだ。木刀で打たぬとも、寸前で止めれば、負けを認められるであろう」

山波が、よう言うてくだされた、と言わんばかりの面持ちで信平を見た。

「さよう、それがし、何も妻を痛めつけとうてお願いしているのではございませぬ。一本取りたいだけにございます。それに――」

言いかけて戸惑う山波に、信平が促す。

「胸のうちを、明かされよ」

「はは。実はそれがし、このとおり身体も小さく、剣も冴えぬものですから、御指南役に疎《うと》まれているのです。来る日も来る日も打たれ役をさせられておりますが、少しでも剣の腕を上げることができれば、御指南役の、それがしに対する態度を改めていただけるのではないかと思い、どうしても強くなりたく、お願いに上がりました」

「なるほど……」

信平は、ますますこの男を救ってやりたいと思った。

「では明日から、ここへ通われるがよい」

山波は明るい顔をして、平伏した。

「かたじけのうございます」

「佐吉、よいな」

信平に言われては、佐吉も渋々応じるしかなかった。

「殿の命とあらば、いたしかたござらぬ」

山波は佐吉に向かって、平身低頭した。

「お願い申します」

「立ち合う前に、まずは腰の物を見せていただこうか」

佐吉は、その者の器《うつわ》を刀で測ろうとしている。頭を踏みつけられても刀を抜かなかったのは、手入れをしていないからだとふんでいた。

預かっていたお初が持ってきて、佐吉に渡した。

まずは鞘と柄を見た佐吉が、山波に言う。

「刀は武士にとっては命も同じ。手入れを怠るような者に、わしは剣術を教えぬから先に言うておくぞ」

「はい」

神妙な顔をする山波の前で、佐吉はまず、懐紙を唇で挟み、鯉口《こいぐち》を切った。

ゆっくり抜かれた刀身は、立派な物だった。

「見事」

そばで見ていた善衛門を唸《うな》らせるほどに、手入れも行き届いていることに、佐吉は納得したようにうなずく。

善衛門が山波に言う。

「よい物をお持ちだ」

山波は照れた顔をした。

「妻が、腕は立たずとも腰の物だけはよい物を持てと申しまして、無理をしてくれました。無銘ですが」

刀身から目を離した佐吉が、山波に言う。

「無銘というが、おそらく名が知れた刀工の作であろう。女剣士と申すだけのことはある。ご妻女は、刀を見る目もたいしたものじゃ」

合羽坂で数々の宝刀を奪い、目にしている佐吉を唸らせるだけあり、信平の目から見ても、美しい刀だ。

鞘に納めた佐吉が、山波に返して立ち上がった。

「さっそく、立ち合ってしんぜよう」

別の部屋から木刀を持ってきて、一本を山波に投げ渡し、庭に下りてゆく。

信平に頭を下げた山波は、庭に駆け下りた。

信平と善衛門が廊下に出て見物する中、佐吉と山波は木刀を正眼に構え、切っ先を交差させて向き合った。

佐吉が言う。

「どこからでも、打ってこられい」

応じた山波は、打ち込もうとして振り上げたが、

「うっ」

佐吉の迫力に怖気づいて、出ようとしない。

「どうした、来い！」

「やぁ！」

誰が見てもやけくそとしか思えぬ打ち込みを、佐吉は容赦なく打ち払う。山波の手から飛んだ木刀が、地べたに落ちる。

はっとした山波が、佐吉が打ち下ろす一刀を下がってかわしたかと思えば、

「まいりました！」

必死の形相で叫び、地面にうずくまるではないか。

これには、佐吉が唖然《あぜん》としている。

佐吉は、厳しく言う。

「おぬしは、土下座をすればなんでも許されると思うておるのか」

山波は顔を上げた。

「いえ、そのようなことは……」

「いいや、そう思うておる。昨日もそうだ。浪人に頭を踏みつけられても、ひたすら詫びていた。それでも武士か！」

「ひっ」

「なんじゃ今の声は。無様に悲鳴をあげおって、立て！」

大音声に恐れおののき、後ずさりする山波の胸ぐらをつかんだ佐吉は、怪力で無理やり立たせて突き放す。

「木刀を取れ！」

「はい！」

「かかってこい！」

木刀を構えて間合いを詰めた山波であるが、また弾き飛ばされた。

その後も続いた激しい稽古を見物していた善衛門が、信平に身を寄せ、声を小さくした。

「殿、佐吉の奴、まんざらでもないようですな」

「ふむ」

「ですが、この調子では、何年かかるやら」

善衛門が、またもや土下座している山波を見て、呆れている。

「麿は、そうは思わぬが」

ぼそりとこぼした信平の声は、佐吉の気合声にかき消された。

四

佐吉との稽古を終えた山波は、家に帰るなり、疲れ果てて眠った。

翌朝目をさますと、菫が黙って朝餉の支度を調《ととの》えてくれ、話しかけてきた。

「昨日は酷くお疲れのご様子でしたが、どちらへお出かけでございましたか」

女房殿、今朝は珍しく機嫌がいい――

飯をよそってくれた茶碗を受け取りながらそう思う山波は、

「ちと、な」

言葉に困ってそう答えた。他家へ、しかも鷹司松平様の屋敷で稽古をしていたなどと言えるわけもなく、

「野暮用《やぼよう》じゃ」

これだけですませ、顔を見ずに黙然と食事を摂った。

疑いの目を向けられるのが苦しくなり、飯と味噌汁を流し込むと、杉家の屋敷へ出仕した。

出仕しても、山波がすることといえば、使い走りだ。しかも、殿が身受けした吉原の遊女が暮らす東大久保村の寮へ、文を届ける役目である。

二十五石は、亡き父から家督を受け継いだもので、山波の働きによるものではない。

家禄を増やす自信はまったくないが、減らす自信はあるなどと言うのだから、始末が悪い。

なんとも情けないことだが、本人に危機意識はなく、

「それがしには、どうにもできぬことだ」

ゆく末を案じてくれる同輩には、決まってこう言うのである。

屋敷に出仕した山波は、あるじの居室に近い部屋に控え、お呼びがかかるのをひた

すら待つ。

昼までに声がかかればお役目があるが、何もなければ、この日の役目は終わり、後は何をしていようが咎められぬ。

佐吉に助けられた日は、あるじの手紙を妾《めかけ》に届ける途中に、浪人どもにからまれたのだ。

この日も山波は、じっと昼まで待機したが、あるじからのお声はかからなかった。いつもなら、菫が持たせてくれた弁当をゆっくり食べて、屋敷の外で暇をつぶしてから家に帰るのが日課だ。

しかし今日は違う。急いで弁当をかき込み、信平の屋敷へ走ろうとしたのだが、

「山波!」

表門へ急いでいると、松の木陰から声をかけられた。

いやな声に顔をしかめたが、相手には見えぬ。

立ち止まり、黙って声のするほうへ頭を下げた。

「暇そうじゃな。ちと、相手をしてやろう」

剣術指南役に言われては、いやとは言えぬ。

「お願いいたします」

「道場へまいれ」

「はは」

阿尊源乃に続こうとした山波の腕をつかむ者がいた。

「おい、やめておけ」

近くにいた同輩の鈴原《すずはら》が引き止めた。

「うむ？」

「御指南役は殿のお叱りを受けて機嫌が悪い。どのような目に遭わされるか分からぬぞ」

「しかし、断れぬではないか」

「急に腹に差し込みがきたとか、用事を思い出したとか、断る理由はあろう」

山波は呑気に笑った。

「なぁに、殺されはすまい」

「何をしておる！」

「はい、ただいま」

またな、と言った山波は、道場へ行く阿尊を追って走った。

今日は上役の稽古日だったらしく、先ほどまで直心影流《じきしんかげりゅう》の激しい稽古がされていた

が、阿尊と山波が入ると、

「やめい！」

稽古が中断された。

上座に向かって左側に並んで座る上役たちが、阿尊の相手をさせられる山波に、哀れみを含んだ目を向けた。

この阿尊源乃という剣客は、あるじ、杉筑後守が気に入って抱えた人物であるが、

「御指南役はな、山波、おぬしを嫌うておられるぞ」

以前に、鈴原がそっと教えてくれた。

山波にも、嫌われる理由は分かっていた。

阿尊は以前、妻の菫と道場で試合をおこない、打ち負かされている。

「あの程度の指南役に負けるとは情けない」

菫がこう言うのも、阿尊に勝っているからであろうが、山波にとっては、災いの元なのだ。

菫に負けた悔しさを引きずっている阿尊が、夫の山波を痛めつけ、仕返しをしているのである。

阿尊が相手をしろと言っても、指南役として稽古をつけるのではない。上役たちが

山波に気の毒そうな顔をしている中、阿尊は山波が木刀を構えるやいなや猛然と迫り、それこそ、鬱憤を晴らすがごとく打ち付ける。

山波は木刀で防御するだけで精一杯であり、これはたまらぬ、と思えばさっと飛びすさり、

「まいりました！」

床に土下座するのがお決まりだ。

「未熟者め！」

阿尊が怒鳴り、木刀で山波の背中を打ち据えた。

これも毎度のことだが、傍《はた》から見れば、痛々しいことである。

解放された山波は、腕の痺《しび》れと背中の激痛に顔を歪めながら、信平の屋敷へ向かった。

佐吉と木刀を交える頃には痛みも和らいでいたのだが、

「なんだ、その構えは」

たちまち気付かれ、どこか痛いのかと問われた。

「なんの、たいしたことはござらぬ。さ、お願い申す」

気合を込めて木刀を正眼に構えた山波であるが、

「おう！」

大上段に構える佐吉の迫力に怯え、さっと飛びすさった。

佐吉が振り下ろした木刀が、鼻先をかすめる。尻餅をついた山波は、平伏した。

「まいりました！」

すぐに、これだ。

結局この日も、稽古らしい稽古にはならなかった。

山波が帰った後、佐吉は、信平がいる部屋の廊下に控えていたのだが、つい首をかしげて、考え込んでしまった。

茶を持ってきたお初が信平の前に置き、廊下に腰かける佐吉の後ろ姿を気にしながら立ち去った。

「佐吉、いかがした」

信平が訊くと、善衛門が湯飲みを持つ手を止めて、佐吉に目を向けた。

「これ、お答えせぬか」

すると佐吉が、難しげな顔を向けた。

「どうも、妙なのです」

「山波殿のことか」

「はい」

答えた佐吉が、驚いた。

「殿も、お気付きになられましたか」

「うむ」

善衛門が信平に訊く。

「何をでござる」

信平は善衛門に顔を向けた。

「あの者が、相当な遣い手、ということじゃ」

「なんですと？」

「気付かぬか、稽古をはじめてこのかた、佐吉は一度も、まともに木刀を当てておらぬ」

善衛門が驚いた。

「佐吉、まことか」

「はい。初めは手加減をしておりましたが、軽く当ててやろうと思いましても当たらず、試しに本気で打ち込んだところ、見事にかわされました」

「なんと」

信じられぬ様子の善衛門に、信平が言う。

「もっとも、当人は気付いておらぬようじゃが」

信平は、逃げてばかりの山波を見ているうちに、彼の才を見抜いたのだ。

佐吉が言う。

「打ち込んだつもりがかわされて、ひやりとしたことが幾度かあります」

「そのような力を持っておりながら、何ゆえ負ける。わざとでござろうかな」

そう言った善衛門が、何かたくらみがあるのではないか、と勘ぐったが、信平はそうは思っていない。

「自分が弱いと、思い込んでいるのであろう。それゆえ、身がすくんでしまうのだ」

「なるほど。それならば、自信をつけさせてやればよろしいのではござらぬか」

善衛門が佐吉に、わざと負けてやってはどうかと言った。

佐吉は不服を表情に浮かべた。

「わしはいやですぞ。誇りが許しませぬ」

善衛門は鼻先で笑った。

「頭が固い奴じゃの、一本ぐらい取らせてやっても、死にはせぬわい。それにな、本気でやって負けるよりはよかろうが」

佐吉はむきになった。

「わしが負けると申されるか！」

「本気で打っても当たらぬと言うたばかりであろうが」

「そ、それは木刀だからですよ。真剣ならば、そうはいきませぬ」

「つべこべ申さずに、打たれてやらぬか。山波殿が己の才に目ざめれば、指南してやることものうなるのだぞ」

善衛門の言葉に、佐吉は、目から鱗《うろこ》が取れたような顔をした。

「言われてみれば、さようでござるな。ここへ来ぬようになれば、わしも気が楽になり申す。うん、よし、では仕方なく、負けてやりましょう」

ころりと態度を変える佐吉に、善衛門と信平は笑った。

翌日は朝から雨が降ったが、昼までに止《や》んだ。

昼餉時が過ぎた頃にやってきた山波は、

「は？　試合でございますか」

　佐吉に申し込まれて、戸惑った。

「御冗談でございましょう。それがしなど、まだまだ相手になりませぬ。それとも、何かおもしろうないことがございましたか」

「どういう意味じゃ」

　山波ははっとなる。

「いえ、いつものことで、つい」

　道場では、阿尊の打たれ役にされているだけに、自然に言葉が出たのだ。

「殿が試合をご覧になられる。早う支度をしろ」

「はい」

　渋々応じた山波は、鉢巻と襷を着けて気を引き締め、庭に出た。

　濡れ縁に座している信平と善衛門に一礼し、佐吉と向き合って礼をして前に出ると、木刀を正眼に構えた。

「はじめ！」

　善衛門の大音声を合図に、佐吉が動いた。

「むん！」

大上段から打ち下ろした一刀が、山波の頭を打ったように見えたが、紙一重でかわされた。

飛びすさった山波は、佐吉が放つ剣気に顔を青くして言う。

「今のは、当たれば死んでおりますぞ。本気でござるか」

「あたりまえだ。真剣のつもりで戦え」

佐吉は、右手に木刀をにぎったまま大きく両手を広げて上に転じ、ふたたび大上段に構えた。

山波は、正眼に構えた切っ先を震わせている。

「貴様はそうやって逃げてばかりおるから負けるのだ。かかってこい！」

「し、しかし、逃げるが勝ちとも申します」

「おのれ、馬鹿にしておるな」

「いえ」

「馬鹿にしておるな！」

佐吉は仁王のごとく目を見開き、

「おりゃ！」

骨の一本でもたたき折る気で打った。

恐怖に駆られた山波は、迫る木刀を無意識にかわした。そして鈍い音が響き、山波は目を見張った。

何がどうなったのか山波には分からぬが、佐吉が頭を押さえてうずくまり、呻き声をあげていたからだ。

「お見事！」

声に顔を向けると、善衛門が歩み寄り、満足そうな顔で言う。

「今のは、見事でござった」

「そ、それがしが、勝ったのですか」

「さよう。惚れ惚れするほど見事な一撃じゃ」

人から見事などと言われた覚えがない山波は、何度も言われて照れくさくなった。

佐吉の呻き声ではっと我に返り、歩み寄る。

起き上がる佐吉に手を貸し、土下座をして詫びた。

「師匠、申しわけありません」

「あやまることはない。わしは勝負に負け、おぬしは勝った。それだけのことだ」

善衛門がうなずく。

「さよう、さよう。山波殿、佐吉はな、四谷の弁慶と恐れられたほどの遣い手じゃ。

それを一撃で負かしたのだ。己の剣に、自信を持たれよ」

佐吉が、世間を騒がせた、あの四谷の弁慶と初めて知った山波は、驚愕の眼差しを向けた。

「ま、まことにございますか」

「ああ、ほんとうだ」

佐吉が、おもしろくもなさげに言う。

四谷の弁慶に勝ったことは、山波に計り知れぬ勇気を与えた。

「まぐれでござるよ、今のは」

「ふん、当然じゃ」

山波は、あぐらをかいて腕組みをする佐吉に頭を下げたが、嬉しさを抑え切れぬ様子であった。


「少しは、自信がついたようでしたな」

山波が帰ると、善衛門がやれやれとため息をついたが、佐吉は落ち込んでいた。

「どうした、佐吉」

善衛門が訊いても、答えようとしない。

信平は静かに立ち上がり、佐吉の頭に手を当てた。

見事なたんこぶができているのだ。

「痛むか」

「なんの、これしき」

善衛門が笑って言う。

「いくら石頭でも、まともに受けてやることもなかろうに」

「わざとではござらぬ」

佐吉が不機嫌に言うものだから、

「なんじゃと！」

善衛門は目を丸くした。

「では佐吉、おぬし、本気で負けたのか」

「…………」

佐吉は悔しげな顔で、たんこぶができた頭をさすった。

「はっ、こりゃ驚いた。殿、殿が見抜かれたとおり、山波殿はとんでもない爪を隠しておりましたな」

信平はうなずいて言う。

「佐吉が打ち込む木刀をかわすと同時に、頭を打った。無意識であのような技を出せるは、よほどの才の持ち主。磨とて、勝てぬやもしれぬ」

信平の思わぬ言葉に、佐吉と善衛門は驚いた顔を見合わせた。

五

「山波、今日は早く帰れ」

翌朝、出仕するなり鈴原が忠告をしてきた。

理由を訊くと、鈴原は声音を下げて教えた。

「御指南役が、朝から機嫌が悪い。何ゆえだか知らぬが、今日の稽古は荒れるぞ」

「さようか」

山波は、げんなりして肩を落とした。

昨日佐吉に勝った勢いのままに、今日は菫を稽古に誘い、勝ってやると意気込んでいたのだが、阿尊の機嫌が悪いとなると、また打ちのめされる。そうなっては、菫と稽古ができぬかもしれぬ。

「お呼びがかからぬことを祈るしかあるまい」

鈴原に笑いかけて、詰め部屋に入った。

だが、願いもむなしく、昼を待たずして、山波の詰め部屋に阿尊の呼び出しが来た。

仕方なく受けた山波は、弁当をゆっくり食べた後に、道場へ足を向けた。

まだ稽古ははじまっておらず、道場は静かだった。

入り口で一礼して道場へ上がると、阿尊が上座に座っており、両脇には、阿尊に目をかけられている同輩が座っていた。

山波は三人の前で正座し、頭を下げた。

「お待たせいたしました」

阿尊が鋭い目を向ける。

「山波」

「はは」

「貴様、わし以外の者から剣術の稽古をつけられておるそうだな」

山波は同輩をちらりと見た。

二人は、意地の悪い薄笑いを浮かべている。

山波はうつむいた。

鷹司松平家の屋敷へ通っていることが耳に入ったのかと思い、言葉を失っていると、

「答えぬか。女房から、稽古を受けているであろう」

阿尊がそう言う。

そちらかと、こころの中で安堵の吐息を洩らした山波は、居住まいを正して答えた。

「確かに、夫婦で木刀を振っております。ですが、稽古と言えるほどのものではありませぬ」

阿尊は不機嫌に指差す。

「誤魔化すな。そちの女房は、一刀流の遣い手だ。杉家に仕える者は、わしの直心影流を遣わねばならぬのは、知らぬことではあるまい」

「心得てございます」

「嘘を申すな」

「嘘ではありませぬ。まことに、木刀を振って身体を鍛えているのみです。剣術は、御指南役に教わったとおりのことしか頭にありませぬ」

「馬鹿を申せ。わしは、不利と見るやすぐに土下座する剣術など遣わぬし、教えた覚えもない」

「はぁ」

言葉に窮した山波の様子に、同輩たちが馬鹿にした笑みを浮かべている。

山波は、阿尊に痛めつけられてばかりで、剣術などまともに習った覚えはない。そのことを叫びたい気持ちを、ぐっと抑えた。

「なんじゃ、その目は」

「いえ」

「貴様の腰抜け剣法は、わしの教え方のせいだと申すか」

「決して、そのようなことは思うておりませぬ」

「いいや、思うておる」

「…………」

山波は押し黙った。

阿尊は、たくらみを帯びた目で山波を見た。

「教え方が悪いと思われては迷惑千万《せんばん》。よって特別に、わしの技をそちの身体にたたき込んでやる。木刀を持って立て」

いつものように、溜《た》まった鬱憤を晴らすために打ちのめしたいだけであろうと思ったが、こうなっては抗《あらが》えるわけもなく、山波は仕方なく応じ、壁にかけられている木刀の中から適当な物を選び、阿尊の前に立った。

ここで打ちのめされれば、勘がいい菫は山波の身体を案じて稽古をせぬ。

そのことを知っている山波は、今日こそは菫に勝てる気がしていただけに、鬱憤を晴らすために言いがかりを付けて、痛めつけようとたくらむ阿尊に対し、初めて怒りを覚えた。

怒りと同時に、四谷の弁慶と恐れられた佐吉を負かしたことに勇気付けられ、これまでの自分では思いもしなかった、勝ちたいという気持ちが湧いてきた。

互いに木刀を正眼に構えるやいなや、阿尊が猛然とかかってきた。

「てや！」

己の鬱憤を晴らす一撃を打ち下ろす。

いつもなら土下座をしてまいったと叫ぶ山波であるが、阿尊の木刀を受け流し、それからはひたすらかわし続け、相手が疲れるのを待った。

息を荒くした阿尊が、憎々しげな顔で言う。

「今日は、しぶといではないか」

まったく呼吸を乱していない山波が木刀を下ろし、頭を下げる。

阿尊は顔に怒気を浮かべて襲いかかった。

山波は咄嗟に木刀で受けたが、突き放されると同時に腹を蹴られ、たまらず尻餅をついた。

すかさず追ってきた阿尊が、山波を打ちのめすべく木刀を振り上げた。

恐怖に目を見開いた山波は、振り下ろされる木刀から逃れようとした。

無我夢中で立ち上がった時には、驚愕する同輩たちの顔が、山波の目に飛び込んできた。

「うぅ」

呻き声にはっとして振り向くと、阿尊が木刀の切っ先を床につけて片膝をつき、左手で腹を押さえている。

山波は、苦しむ阿尊を見て急に恐ろしくなり、土下座した。

「申しわけございませぬ」

思わず詫びたのだが、それがいけなかった。

阿尊の怒りに火をつけ、

「おのれがわしに触れることなど、あってはならぬことだ！　たとえ指一本でも、触れてはならぬ！」

土下座をする山波の背中に木刀を打ち下ろし、何度も打ち据えた。その狂気に満ちた振る舞いを見かねた同輩たちが阿尊を止めた時には、山波はうずくまったまま気絶していた。


どれほど気を失っていたのか、山波は、水に濡らした布を額に当てられて、目を開けた。

驚いたような顔をする菫を見て、ここが家だと分かって起き上がろうとしたのだが、背中の痛みに襲われて顔を歪めた。

「無理をなされてはいけませぬ」

「これしきのこと、なんでもない」

痛みを堪えて半身を起こすと、菫が湯飲みを差し出した。

「痛み止めの薬湯です」

「すまぬ」

山波は喉が渇いていた。

ぬるめの薬湯を飲み干し、ため息をつく。

「どなたが、運んでくれたのだ」

「鈴原様と、御家中の方が四人です」

「鈴原は、なんと申していた」

「御指南役様のお怒りを買い、打たれたと」

どうやら、詳しいことは聞いていない様子だ。

「お前様」

「うむ？」

「背中の打たれようは、尋常ではございませぬ。何があったのですか」

「いつものことだ。おれが不甲斐ないゆえ、御指南役は怒られたのであろう」

山波は、阿尊から一本取ったことを思い出した。

今なら、菫に勝てるかもしれぬ。

「それより、稽古をせぬか」

山波から誘うのは初めてのことだけに、菫は驚いた。

「頭も打たれたのですか」

「馬鹿、真面目に言うておる」

「ここまで打たれてようやく悔しいと思われたのでしょうが、その傷で、無理をなさいますな」

「なぁに、たいしたことはない。どうじゃ」

「なりませぬ。それに、わたくしは、当分のあいだ稽古を控えます」

菫は、打たれたわけを鈴原から聞いたのだと思った。

妻が夫に剣術の稽古をつけるなどと出しゃばった真似をしたことで、阿尊に言いがかりを付けられて打ち据えられたと、聞いたに違いない。

妻に負けたままでは悔しいが、身を案じてくれたことが嬉しくて、

「まあ、負けたままでもよいか」

そう言って、横になった。

菫が何か言おうとしたが、すぐに寝息を立てはじめた山波に呆れたように微笑み、台所に戻った。

六

「殿、わしに稽古をつけてくだされ」

信平は、佐吉に朝からせがまれていた。山波に負けたことがよほど悔しいのだろうが、まったくその気が起きぬ信平は、黙って庭に背を向け、書物に目を走らせた。

相手にされぬ佐吉は、善衛門に目を向けた。

頼られたことに悪い気がしない善衛門は、仕方がないとばかりに吐息を洩らし、相手をしてやろうと腰を浮かせたが、

「お初殿に頼んでみるか」

佐吉が台所に足を向けたため、善衛門が口をむにむにとやって睨んだ。

浮かせていた尻を下ろすのも癪《しゃく》に障るのか、わざとらしい咳をして、

「ちと、はばかりへ」

そのまま立ち上がったが、信平は書物に夢中で、何も気付いていない。

書物といっても難しい本ではなく、江戸を案内した名所記だ。

名所記は数多《あまた》出されているが、信平が愛読しているのは、挿絵と地図を入れた丁寧なもので、江戸は不案内の信平には、ありがたい本である。

「次は、どこへまいろうか」

などと独りごち、松姫と行く場所を探していたのである。

お初に稽古を断られた佐吉が、肩を落として戻ってきた。

それよりもさらに肩を落とした男が、佐吉の後ろに続いている。

はばかりから戻った善衛門がびっくりして後ずさり、障子に背中をぶつけた。

目をこらし、

「なんじゃ、山波殿か。見てはならぬものを見たかと思うたではないか」

生気を失い、亡霊のごとくぞろりと歩く姿に驚いたのだ。

「なんじゃ二人とも、この世の終わりのような顔をしおって」

善衛門に言われて、後ろに山波がいることに気付いた佐吉が、

「おぬし、また御新造《ごしんぞう》に負けたのか」

驚きもせず、力のない声で訊く。

山波は、恨めしそうな顔を上げた。

「師匠こそ、どうなされたのです？」

お前に負けて立ち直れぬのだ、と言えるわけもない佐吉は、背筋を伸ばした。

「わしは、なんでもない。だが、おぬしは様子が変だな。何かあったのならさっさと話せ」

「はあ……」

山波は、今朝のことを話した。

それによると、山波の家を阿尊の使いが訪れ、妻の菫に、阿尊源乃からの試合の申し入れが伝えられた。

山波に腹を打たれ、一本取られた阿尊は、山波が直心影流ではなく一刀流を遣ったと見抜き、

「あの女剣士め」

山波に剣術の稽古をしている菫のことを逆恨みし、試合を申し入れたのだ。

前回菫に負けた時とは、くらべ物にならぬ力をつけていると自負する阿尊は、山波に一本取られたのをきっかけに、

「前回の恨みも、まとめて晴らしてくれる」

と意気込み、使いをよこしたのだ。

しかし、菫は試合を拒んだ。

それでも許さぬ阿尊は、即座に動き、杉筑後守を巻き込んだ。

そこまで教えた山波が、ひとつため息をついて続ける。

「妻にその気はないと、きっぱりお断りすると言って出仕したのですが、あるじは、久々に菫の剣を見たいとおっしゃり、試合の日取りが決まりました」

「いつだ」

佐吉が訊いた。

「明後日でございます」

「ご妻女は、納得されたか」

山波は首を振った。

「殿の御前で、恥をかかされるだけだと申しております。以前は確かに、剣術の稽古をしておりましたが、今は、それがしと木刀を振る程度のこと。結果は、火を見るより明らかにございましょう」

「おぬしを負かすほどのお方が、ずいぶん弱気であるな。それにしても、大身旗本の剣術指南役が、家中の妻女に試合を迫るなど、どうかしておる」

佐吉は怒り、山波を睨んだ。

「おぬしが代わりに受けて立てばよいではないか」

「殿にそうお願いしましたが、指南役が手を回されているらしく、受け入れていただけませぬ」

善衛門が部屋の中を見ると、背を向けている信平は、書物に夢中で聞いていない様子。

善衛門は邪魔をせず、山波に言う。

「それがしに、よい考えがある。丁度佐吉が稽古の相手をほしがっておるゆえ、ここで待っておられよ」

「何をなさるおつもりで」

「案ずるな、わしにまかせておけ」

善衛門が胸を張り、市谷に出かけた。


杉家の客間に通されて程なく、廊下に足音が近づき、あるじ筑後守が現れた。

下座に正座している善衛門を見るなり、筑後守は破顔して言う。

「やあ、珍しき御仁がまいられた。ささ、上《かみ》へ上へ」

筑後守が遠慮して上座を促すと、善衛門は恐縮して、膝を突き合わせた。

「突然邪魔をしてすまぬ」

「なんの、嬉しい限りだ」

「ぶしつけながら、今日はお願いがあってまいった」

「他人行儀はよせ、共に家光公のおそばにお仕えしたわしとおぬしの仲ではないか」

「うむ」

「して、頼みとはなんだ」

「おぬしのところで、剣術の試合があると聞いたのだが、まことか」

するると、杉は呆れたような顔をした。

「相変わらず地獄耳じゃな。どこで聞いたのだ」

「わしは、山波一郎殿と知り合いなのだ」

「何、山波とおぬしが？　どのような知り合いだ」

「正しく申せば、山波殿は、殿、いや、わしが世話になっているお方の家来の知り合いだ」

「ほう、で、頼みとは？」

「うむ」

善衛門は、上目遣いになり、唇を舐めた。

「わしが世話になっているお方がこちらで試合があると聞かれて、是非とも見物したいとおっしゃったゆえ、頼みに来た」

筑後守は探るような顔をした。

「おぬしが言うそのお方は、山波から試合の子細を聞かれたうえで、お望みか」

「いや」

善衛門はとぼけた。

「こちらの御指南役が自ら試合をされると聞かれて、旗本の指南役とはいかなる遣い手か、見物したいとのことじゃ」

「残念だが、人様にお見せできる試合ではない」

「そこをなんとか、わしの顔を立てると思うて、お願いできぬか」

「そのお方とは、何者なのだ」

「鷹司、松平信平様じゃ」

「なんと……」

杉は息を吞み、目を丸くした。

「このとおりでござるよ」

拝むというより、脅すように迫られては、杉も断り切れぬ。

「まあ、よかろう」

「おお、ありがたや」

「ひとつ聞かせてくれ」

「なんなりと」

「すでに隠居しているおぬしと信平様は、どのような関わりがあるのだ」

「亡き家光公の命で、おそばに付いておる」

「家光公の？」

「さよう」

「家綱公の世になった今も、続けておるのか」

これ以上は詮索無用、という目顔を向けると、杉は、ごくりと喉を鳴らした。

善衛門は微笑む。

「わしのことよりもな、杉」

「む？」

「おぬしは、よい家来をもっておるな」

「誰のことじゃ」

「わしが言うのだから、山波殿のことに決まっておろう」

「いやいや」

杉は笑った顔の前で、手をひらひらとやった。

「あれは、土下座しかできぬ。父親はなかなかの男であったゆえ、それに免じて二十五石の家禄を与えておるが、やっかむ者がおってな、そろそろ、働きに応じた禄にしようかと思うておる」

「それは、まことにもったいない」

「うむ？」

「宝の持ち腐れとは、このことじゃ」

「何を申しておる」

「信平様は、山波殿の剣の才を看破されておるぞ」

「剣の才？」

ありえぬと笑う杉だが、善衛門の真面目な顔を見て、真剣な面持ちをした。

「まことなのか？」

善衛門はうなずく。

「天下無双の秘剣を遣われる信平様がおっしゃるのだ。山波殿のご妻女ではのうて、山波殿のほうを、御指南役と立ち合わされてみるがよろしい」

「よし分かった。試合は明後日の未《ひつじ》の刻だ。信平様に、さようお伝えしてくれ」

「うむ」

善衛門は酒の誘いを受け、家光公に仕えていた頃の懐かしい話を楽しみ、夕刻になって信平の屋敷へ帰った。

七

試合当日の朝になって、山波は菫の代わりをするよう命じられた。

おもしろくないのは阿尊だ。

「あの女剣士と立ち合えぬなら、試合をする意味がござらん」

試合自体を取りやめようとしたが、

「客人がまいられるゆえ、試合を披露せよとのこと」

杉筑後守の用人が伝えたことで、阿尊は渋々承諾した。

立ち去る用人の背中を見送った山波の同輩が、阿尊に言う。

「山波の奴、まぐれで一本取って、いい気になっておりますぞ」

「まあよい。どうせ、殿の御前で土下座をすることになる。女剣士め、夫に大恥をかかせてやるから見ておるがよい」

阿尊は余裕で支度を整え、試合の場に向かった。

両者が揃ったところで、あるじ、杉筑後守が座敷に座り、招待されていた信平も、その横に座った。善衛門は、信平のすぐ後ろに座り、佐吉は、庭の一画を陣取る杉家の家来にまじって、試合を見物しようとしている。

舞台は整った。

白い鉢巻と、白い襷をかけた阿尊と山波が中央に歩み、あるじに向かって一礼する。

互いに向かい合い、礼をする。

両者前に出て、正眼に構えた木刀の切っ先を交わして止まった。

「はじめ!」

見届け役が言うやいなや、両者が僅かに下がって間合いを空けた。その場の空気がぴんと張り詰める中、すでに勝ったような顔をしている阿尊が、なんの躊躇いもなく前に出る。

「えい!」

喉を突くと見せかけた阿尊は、山波が下がるのを見越して木刀を下に転じ、

「やあ!」

一足跳びに迫り、斬り上げた。

真後ろに飛びすさって切っ先をかわす山波を、阿尊はさらに追い、

「むん!」

袈裟斬りに打ち下ろす。

息もつかさぬ攻めに、山波は防戦一方だ。

怯えた顔で逃げ続ける山波の姿は、誰の目から見ても阿尊が優位であり、

「いつもと変わらぬな」

「さよう、いつもと変わらぬ」

「そろそろ、土下座が出るぞ」

両者のことをいつも見ている家来たちは冷笑を浮かべ、そうつぶやき合った。

耳にした佐吉は、

「ふん、今に見ておれ」

そうつぶやいて、その者たちをじろりと睨んだ。

決着が付いたのは、その時である。

「えぇい！」

阿尊が裂帛《れっぱく》の気合をかけて打ち下ろした刀身をかい潜った山波が、振り向きざまに木刀を打ち下ろし、阿尊の首の後ろでぴたりと止めた。

真剣であれば、首が飛んでいる。

山波の勝利に、家中の者からどよめきが起きた。

屈辱に歯を食いしばる阿尊の後ろで、山波は木刀を左手に納刀し、静かに礼をした。

「くっ」

背を返した刹那、

「まだだ！」

追った阿尊が、山波の背中に木刀を打ち下ろした。

「うう」

不意打ちに顔を歪めて膝をつく山波の肩に、容赦なく木刀が打ち下ろされる。

「阿尊、見苦しいぞ！」

杉が怒鳴ったが、阿尊は打つ手を止めなかった。

頭に血がのぼり、まったく周りが見えていない様子の阿尊が、

「夫婦でわしを馬鹿にしおって。許さぬ」

そう言うと木刀を捨て、普段目をかけている山波の同輩に歩み寄って刀を奪った。

杉は、静かに見ている信平をちらと見て、焦った顔で家来たちに叫んだ。

「何をしておる、誰か止めぬか！」

あるじの命令に、家来たちが弾かれたように立ち上がって止めようとしたが、抜刀

し、充血した目を見開いた阿尊にじろりと睨まれ、動けなくなった。

「山波、逃げろ！」

鈴原が叫んだが、打ちのめされていた山波は、ようやく立ち上がったばかりだ。その背後へ阿尊が迫る。

皆が騒ぐ中、信平と善衛門と佐吉は、助けようとしない。

阿尊は真剣を振り上げて、山波の背中に斬りかかった。

まるで背中に目があるかのように身体を転じた山波が、刃をかわすと同時に、右手ににぎる木刀を一閃し、阿尊の胴を打った。

「う、げぇ」

強烈な一撃を腹に入れられた阿尊は、身をかがめて腹を押さえ、二歩三歩とよろめいた後に、悶絶した。

その光景に、場が静まり返った。

「山波殿、お見事！」

善衛門が声をあげると、あるじの杉が笑みでうなずき、あっぱれじゃ、と賞賛の声をあげた。

気を失った阿尊を見下ろしていた山波は、ふと我に返り、目を丸くしてあたりを見回すと、慌てて杉の前に平伏した。

応じた杉は、褒美《ほうび》を取らす、と、満足げである。

気を失っている阿尊が運び出されるのを見た善衛門が、上機嫌に言う。

「山波殿、次はいよいよ、ご妻女と勝負じゃ。筑後守殿、いかがか、この場にて夫婦の勝負に立ち会われては」

「おお、それはおもしろい。山波」

「はは」

「そなたは、妻と稽古をしておったそうだな」

山波は頭を下げた。

「申しわけございませぬ」

「詫びずともよい。聞けば、妻に一度も勝ったことがないと申すではないか」

「は、お恥ずかしい限りで」

「今のそなたに勝る、一刀流の達人なのだな」

「おっしゃるとおり、勝てませぬ」

「おお、ではそなたの妻は、家中一の遣い手ではないか」

「いえ、それは……」

「違うのか」

「今なら、妻に勝てそうな気がいたします」

「うむ、わしが見届けてやる。ここで試合をしてみよ」

「は？　いや、しかし……」

「誰か、山波の妻を呼んでまいれ」

妻がいやがっていたことを思い出した山波は、青くなった。

呼びに走る家来を横目に、いやと言えない山波は、大変なことになったと、動揺した。

程なく、家来に連れられて、菫がやってきた。

事情を聞いたらしく、庭に控えている山波をじろりと睨むと、ゆっくりと、静かに座り、座敷にいる杉や信平たちに向かって頭を下げた。

袴を着けぬ小袖姿に、杉がいぶかしげな顔をした。

「これ菫、使いの者から話を聞いておらぬのか」

「承《うけたまわ》りました」

「では、何ゆえ支度をしておらぬ」

「怖《おそ》れながら、夫との勝負は、一年の猶予をいただきとうございます」

「何？　何ゆえじゃ、何ゆえ今できぬ」

菫が、恥ずかしそうに目をそらしたのを見た杉は、はっとなり、山波に目を向けた。

「山波！」

「はは」

大声に、山波が慌てて平伏する。

「そのほう、今の時期に妻と勝負するとは、何ごとか」

「え？」

不思議そうな顔を上げる山波に、杉は苛立った。

「なんじゃ、そのほう、何も分かっておらぬのか」

「な、なんのことでしょうか」

「たわけ！　近くに来て、おのれの妻をよう見てみよ」

怒鳴られて、慌てて菫のそばに寄った。

うつむいている妻の顔を覗き込むと、恥ずかしそうな目を向けた菫が、そっと、腹に手を当てた。

「まさか！　子が――」

ぎょっとして座敷に目を向けると、杉が笑みを浮かべてうなずいた。

「これで、おぬしは生涯、妻に頭が上がらぬな」

「はは」

「山波」

「はは！」

「今日の試合、あっぱれであった。見苦しきおこないをした阿尊に代わり、指南役を命じる。よいな」

「は、ええ！」

愕然とする山波に、杉が微笑む。

「これは命令じゃ。逃れることはできぬぞ」

「はは！」

仲良く並んで頭を下げた夫婦を見ていた善衛門が、信平の背後ににじり寄った。

「殿」

「うむ？」

「あの夫婦の子は、きっと剣豪になるでしょうな」

「ふむ。さぞかし、優しい剣士になるであろう」

そう言って佐吉を見ると、大きな腕を目に当てて、肩を震わせている。
澄み切った青空には、雁《かり》の群れが飛んでいた。

第四話　暴れ公卿《くぎょう》

一

今頃、姫は何をしているのだろう――

松平信平は、松姫を想いながら、半蔵門《はんぞうもん》の前を歩んでいた。

この門を潜れば、松姫が暮らす紀州徳川家の屋敷はすぐそこにあるのだが、信平にとっては遠い場所である。

「殿、お城の瓦が、白うなっておりますぞ」

葉山善衛門が驚きの声をあげるのに釣られ、信平は江戸城に目を向けた。江戸の空に聳《そび》える天守の瓦が、薄《う》っすらと白くなっている。

「雪か」

「今朝は冷えましたからな、霜が降りたのでしょう。それにしても、一番上の屋根だけ白くなるとは、まるで富士山《ふじさん》のようですな」

「それだけ、てっぺんが高いのであろう」

信平は立ち止まり、朝日に輝く天守の美しさに見とれた。

「さ、急ぎませぬと、刻限に遅れますぞ」

善衛門に促されて、歩みを進める。

半蔵門の前を右に曲がって桜田堀の皀角河岸《さいかちがし》をくだり、外桜田御門を潜った。

徳川譜代の大名屋敷が並ぶ小路《こうじ》を歩むと、紋付き袴を着けた大名家の家来と思《おぼ》しき侍たちが行き交い、なかなかのにぎわいであるが、ほとんどの者が、すれ違う信平に目を向けてきた。

紅葉色が鮮やかな狩衣と白い指貫《さしぬき》の姿をどう思っているのか、睨むように見る者もいれば、軽く会釈をして行く者もいる。

「何やら、厳しい目が向けられてきますな」

いつも信平に向けられる目を気にしている善衛門が、今日は様子が変だと言った。

人の目を気にせぬ信平は、善衛門の声に応じず、目を伏せ気味にして、涼しげな顔で歩んでいる。

西の丸を左手に眺めつつ歩みを進めた信平と善衛門は、大名屋敷の角を右に曲がった。長屋門の門前に来ると、立派な門構えを見上げた。石垣畳出に、屋根ひさしのある両番所付き長屋門を許されるのは、五万石から十万石以上の大名家と、老中役を務める家のみ。

信平が訪れたのは、老中、阿部豊後守忠秋の屋敷だった。

番所の障子を開けて外を覗いた中間《ちゅうげん》が、潜り門を開けて出てきた。

髪を撥鬢《ばちびん》に結い、長柄《ながえ》を持った中間が腰をかがめて歩み寄り、訪問の用件を訊く。

善衛門が書状を見せると、あるじが招いた客に頭を下げた中間が、潜り戸から中に消え、大門の閂を外す音を響かせ、内側に引き開けた。

門まで迎えに出た家来は、身なりも良く、利発そうな顔つきをしている。

「ご案内いたす」

頭を下げて背を返した家来に続き、信平と善衛門は屋敷に入った。

通された部屋で静かに待っていると、廊下に慌ただしく足音を響かせて、阿部が現れた。

「おお、ようまいられた」

頭を下げる信平の前に座った阿部は、善衛門にも労《ねぎら》いの声をかけ、顔から笑みを消した。

「さっそくだが信平殿」

「はい」

「板倉周防守《いたくらすおうのかみ》を知っておるか」

「はて、存じませぬ」

善衛門が、信平に教えるように、阿部に言う。

「板倉様は、三十五年の長きにわたり京都所司代を務められ、昨年戻られたばかりと聞いております」

「さよう。信平殿、今一度訊く、まことに知らぬのだな」

「はい」

「さようか」

阿部は目を伏せてため息をつくと、信平を見た。

「これよりわしと共に、酒井雅楽頭《さかいうたのかみ》殿の屋敷に行ってもらわねばならぬが、その前に訊いておきたいことがある」

神妙な顔つきに、信平が言う。

「何か、よからぬことがございましたか」

「うむ。一昨日、板倉周防守殿が、屋敷に忍び込んだ賊に斬られた」

「なんと」

善衛門が、驚きの声をあげた。

「板倉様ほどのお方が、賊に斬られる不覚をとられましたか。お命は」

「別状ない。しかし、家来が二人命を落としたと、報告を受けている」

黙って二人の話を聞いていた信平に、阿部が目を向けてきた。

「その報告の中で、気になることがあってな、訊きたいのはそのことだ」

「わたくしに、関わりがあると」

信平が先回りして訊くと、阿部が難しげな顔をした。

「さよう。板倉殿が、賊は狩衣を着ていたと証言したことで、公儀の者の中に、信平殿ではないかと疑う者がおる」

善衛門は目を見張り、慌てた。

「おそれながら豊後守様、それだけの理由で疑うとは、御公儀の名に傷がつきますぞ」

怒る善衛門に、阿部がなだめる仕草をした。

「ほとんどの者は疑いもせぬ。だがいかんせん、賊が凄まじき剣の遣い手なのだ」

「狩衣に剣豪……」

善衛門が信平を見たが、すぐにかぶりを振った。

「ありえませぬ。あろうはずがないことですぞ」

「わしも疑いもせぬ。じゃが、公儀の者から疑いの声が出たからには捨ておけぬのが、厄介なところだ。よってこれより、雅楽頭殿の屋敷にまいらねばならぬ」

阿部が申しわけなさげに、そう告げた。

「承知しました」

信平が頭を下げると、阿部が苦笑いを浮かべ、指の先で額をかいた。

「この話をお初が聞けば、さぞ怒るであろうな」

善衛門がうなずく。

「怒らせたら恐ろしいですぞ」

阿部は声に出して笑い、信平を促した。

阿部と共に屋敷を出た信平と善衛門は、辰口《たつのくち》から大手門前に渡り、酒井雅楽頭忠清《ただきよ》の屋敷へ向かった。

大名旗本の訴訟や審理をおこなう酒井家の屋敷に呼ばれるということは、信平が調べを受けることを意味する。

「殿、これではまるで、下手人扱いではござらぬか」

善衛門が阿部に聞こえぬように言い、口をむにむにさせている。

「何もせず疑われたままより、調べを受けたほうがよい」

信平は案ずるなと言い、善衛門を落ち着かせた。

二

大手堀前の酒井家に入ると、まず控え部屋にとめ置かれ、待つこと半刻（約一時間）。現れた案内役によって、信平のみが、審議をする部屋に通された。

そこには、老中、松平伊豆守信綱をはじめ、幕府大目付、中根壱岐守正盛も座っていた。

相模国高座藩の御家騒動の一件で、信平には一目《いちもく》置いている中根であるが、それはそれ、これはこれとばかりに、無表情で座っている。

信平が頭を下げてあいさつの口上を述べる。すると、目付役の一人がかしこまり、さっそく尋問をはじめた。

五摂家の出《で》であっても、信平は二百石の旗本。ゆえに、このような時は目付の受け持ちになるのだ。

目付が言うのは、阿部から訊かれたことの繰り返しであったが、信平は正直に答えた。

「では、どうあっても覚えがないと、申されるか」

念を押すように言う目付に、

「ございませぬ」

信平は、目を伏せ気味に答えた。

狩衣を着た剣の遣い手、というだけで疑われるのは心外であったが、信平にとっては、それみたことか、と善衛門に言われるほうが心配であった。これを機に、狩衣をやめて武士らしい身なりをするよう、責めるに違いない。

「聞いておられるのか、信平殿」

目付の声に、信平は思いを切り替え、目を上げた。一昨日の丑《うし》の刻から寅《とら》の刻にかけて、どこにいたかという問いに、答えねばならぬ。

「屋敷の寝所で休んでおりました」

正直に言うと、目付が鋭い目をした。

「それを証言できる者は、おりますかな」

「朝まで一人で休んでおりましたゆえ、おりませぬ」

信平が答えたところで、中根のもとに知らせが来た。

うなずいた中根が、皆に言う。

「被害に遭われた板倉殿が到着され申した。これより、信平殿に会うていただこうと思いますが、よろしいか」

異を唱える者は誰もいない。

中根が従者にうなずくと、板倉を連れに向かった。

程なく、板倉が評定《ひょうじょう》の間の下座に姿を見せた。

右腕を斬られたらしく、首からかけた布で固定している。

老中たちに頭を下げ、続いて、上座に向かって座る信平の後ろ姿を見て、いぶかしげな顔をした。

「信平殿、顔を向けられよ」

目付に言われて、信平は膝を転じて横を向き、下座にいる板倉を見た。

顔を見るなり、板倉が息を呑む。

震える手で信平を指差したのを見て、やはり下手人か、と、目付たちが色めき立った。

驚いたのは、信平も同じだった。

「あなた様は」

そう声をかけると、

「やはり、おぬしであったか。いやぁ、懐かしい」

板倉が、老齢の渋顔をほころばせた。

思わぬ展開に、信平を疑っていた目付役が動揺の色を隠せない。

「板倉様、どういうことでございますか」

「たわけ、このお方は、鷹司家の御子息ぞ」

「それは、存じて――」

「知っておるのに疑いをかけたのか」

目付を叱りつつ、板倉は松平伊豆守に鋭い目を向けた。

伊豆守は、顔色ひとつ変えずに言う。

「信平殿は、将軍家直参旗本。怪しきことがあれば、調べるのは当然のことにござる」

もっともなことだと、信平はうなずく。

それを一瞥《いちべつ》した伊豆守が、

「されど、たった今疑いが晴れた。これにて評定を終わりといたしてはどうか」

中根にそう告げた。

中根は異論ないと言い、目付役たちも、先ほどまでとは別人のように穏やかな顔で賛同した。

「信平殿と板倉様は、どのようなお知り合いでございますか」

そう訊いてきた中根に、信平は答えた。

「我が師、道謙《どうけん》の下で剣の修行をしていた頃に、幾度かお目にかかりました。されど、それが板倉様だったと分かったのは、たった今にございます」

板倉が、いやぁ、と、首の後ろに手を当てて苦笑いをした。

「忍びで御老体を訪ねておったゆえな」

阿部が訊く。

「では板倉殿は、信平殿と同じ剣術を修得されたか」

板倉は首を振った。

「あの頑固者は、いくら頭を下げようが、金を積もうが、首を縦に振りませぬのでな。そのうちに、ふふ、このとおりの年寄りになり申した。三十年も通ったというに」

「三十年も、頼み続けられたのか」

阿部は、半ば呆れ顔である。

「いかにも。三十年通うても、木刀さえ交えてくれませなんだ。まことに、信平殿が羨ましい」

笑って言う板倉に、伊豆守が真顔で言う。

「お忍びと申されたが、身分を伏せて頼まれたのか」

板倉はうなずく。

「俗世を捨てて山に籠もる者の前では、身分などなんの役にも立ち申さぬ」

伊豆守は、探る目を信平に向けた。

「では、信平殿は何ゆえ、その変わり者の弟子となれた。鷹司家の威光があったからではないのか」

「わたしが、弱き者であったからでございましょう」

「うむ?」

どういうことかと訊かれて、信平は、道謙と出会った時のことを話した。

信平が、まだ八歳の頃のことだ。

鷹司家の血を引く信平であるが、庶子を理由に公家の子息たちにいじめられていた。ある日、勇気を出して立ち向かったところ敵わず、酷く打ちのめされてしまっていた。

この時、たまたま山を下りていた道謙が、争う子らを見かけ、

「これはおもしろい」

切り株に腰かけ、求めたばかりだった瓢箪《ひょうたん》酒を飲みながら、その一部始終を見物していた。
四、五人から殴る蹴るの暴行を受け、棒でも打たれた信平は、道端に倒れたまま動けなくなっていた。
それでも泣かぬ信平を見ていた道謙は、やおら立ち上がって歩み寄り、

「小僧、強くなりたいか」

と、真顔で問うた。

声をかけられたことで悔し涙を流した信平は、老翁を睨んだ。

「ほほ、よき目じゃ。強くなりたければ、叡山《えいざん》に来るがよい」

それだけ言い残し、笑いながらその場を立ち去った。

翌日、信平が叡山に踏み入ると、どこからともなく姿を現した道謙が、そのまま弟子に迎え入れたのだ。

そこまで打ち明けた信平は、板倉に言う。

「師、いわく、わたしを弟子としたのは気まぐれだそうです」

「なんじゃ、気まぐれとな」

板倉が、あの者らしいと笑った。

すると、阿部が信平に訊いた。

「前から気になっていたのだが、信平殿、貴公の剣は、何流なのだ」

「流派はございません」

「では、道謙とやらが編み出した剣術ということか」

「はい」

「そなたの剣は凄まじいとお初から聞いているが、何年師匠の元にいた」

「七年です」

板倉が訊く。

「道謙殿は、一時叡山を離れておられたようだが」

「鞍馬《くらま》の地でも、修行をしていました」

「では、秘剣、鳳凰《ほうおう》の舞は伝授されておるのか」

信平はうなずいた。

すると板倉が、若者のように目を輝かせた。

「是非とも、この目で見たいものじゃ」

「いずれ」

濁す信平に、板倉が目を細める。

「それにしても、御立派になられた。わしの報告を聞いて、御公儀が信平殿を疑うのも仕方あるまいて」

「と、おっしゃいますと」

「わしを斬ろうとした者は、武家にはない品格を漂わせた、美男子であったのだ」

板倉が信平の顔をまじまじと見た後で、何かを確信したように、ゆっくりうなずいた。

その様子を見逃さぬのが、伊豆守だ。

「板倉殿、何か心当たりがおありか」

「あるといえば、あり申す。板倉家に恨みを持つ公家の美男子と申せば、猪熊《いのくま》事件の首謀者、猪熊教利《のりとし》であろうか」

「猪熊事件とは？」

「伊豆守殿が知らぬのも当然。何せ、四十六年も前に起きたことでありますからな」

阿部が言う。

「どのようなことか、お聞かせ願おう」

板倉はうなずき、ゆっくりと語った。

当時、左近衛少将《さこんえのしょうしょう》であった猪熊教利は、源氏物語に登場する光君《ひかるきみ》とも、在原業平《ありわらのなりひら》の生まれ変わりとも称された、天下無双の美男子であった。彼の髪型や身なりは当時の流行となるほどであったが、一方では、女癖が悪く、人妻や宮廷の女官にも手を出す乱行《らんぎょう》ぶりは、公家衆随一と陰口をたたかれた。

黙っていても寄ってくるおなごには手をつけず、己の欲するままに女を口説く教利は、女官との密通だけでは飽き足らず、言葉巧みに公卿の者や女官たちを誘い、さまざまな場所で乱交を重ねていた。

大勢での所業が外に漏れぬわけはなく、程なく、時の天皇、後陽成《ごようぜい》帝の耳に達した。

宮中を乱す行為に激怒した帝《みかど》は、乱交に加わった者を一人残らず死罪に処すよう命じたが、公家の法律に死罪はなく、機を見計らった教利は、九州へ逃げた。

事態を重くみた徳川家康《いえやす》は、京都所司代に探索を命じ、九州へ逃げていた教利をはじめ、乱交に加わった者をすべて捕らえさせた。

公卿五人、女官七人という大人数であったが、このうち、教利と一名が死罪。他の者は流罪という厳しい罰がくだされた。

この時、教利を捕らえて罰した京都所司代が、板倉重宗《しげむね》の父、勝重《かつしげ》であったのだ。

話を聞いた伊豆守は珍しく驚き、憂いを浮かべた面持ちで言う。

「板倉殿が懸念されるとおり、猪熊家が絡むことならば、この一件、厄介であるぞ」

うなずいた阿部が、皆を見回して言う。

「ここは、御大老にお出まし願わねばなるまい」

ことの重大さに、信平が辞意を示すも、

「公家の出である貴公には、同座してもらおう」

伊豆守に引き止められ、承諾して下座に座り直した。

大老の酒井讃岐守忠勝《さぬきのかみただかつ》が評定の場に呼ばれたのは、一刻後だった。

共に戦国を戦い、徳川家を支えた板倉と軽く会釈を交わした酒井は、信平を一瞥すると、上座に座った。皆のあいさつを受けた酒井は、板倉に言う。

「しばらく見ぬうちに、歳を取ったの」

「はは、讃岐守様も」

共に七十に手が届く年寄り同士、微笑み合った。

酒井が言う。

「江戸に帰るなり賊に襲われたと聞いたが、怪我はどうなのじゃ」

「戦の時を思えば、ほんのかすり傷でございます」

「無理をするな。歳なのだからの」

「なんのこれしき」

笑った酒井は、白い狩衣を着けている信平を気にし、伊豆守に真顔を向ける。

「して、伊豆守殿、わしを呼び出すということは、板倉を斬ったのが公家ということか」

「それが、いささか厄介なことに」

「うむ？」

「それがしが申そう」

板倉が代わり、酒井に言った。

「当家に忍び込んだ賊は、信平殿のように狩衣を着けた美男子でありましてな」

「ほう」

酒井は、それがどうしたという顔をした。

板倉は続ける。

「信平殿にお会いして、ふと思うたのです。当家に恨みを抱く美男子と申せば、猪熊教利しかおらぬと」

「馬鹿な。あの者は死罪になったではない――」

言いかけて、酒井が息を呑んだ。

心中《しんちゅう》を見抜いた板倉が、お察しのとおりだと言う。

「末裔《まつえい》は、讃岐高松藩、松平頼重《よりしげ》侯のご家来になっているはず」

「待て待て、めったなことを申すでないぞ、板倉」

酒井が焦ったのは、藩主頼重が、水戸《みと》藩主、徳川頼房《よりふさ》の実子だからだ。その家来が徳川宗家の重臣を斬ったとあっては、水戸をも巻き込む騒動になりかねない。

かといって、捨ておけることではない。

「とにかく、ことは慎重に運ばねばならぬ」

酒井は顔を青ざめさせて皆に言い渡し、板倉と、阿部と伊豆守の三名には、屋敷へ来るよう命じて、評定を打ち切ってしまった。

三

疑いも晴れて、四谷の屋敷に帰った信平は、留守番をしていた佐吉を妻の待つ家に帰してやり、善衛門と共に早めの夕餉《ゆうげ》を摂った。

おつうがこしらえた揚げ豆腐は、出汁《だし》がよく染みていて美味である。

刻んだねぎと、おろし生姜《しょうが》をのせて食べるのが、信平の好みだ。

あさりの佃煮《つくだに》に舌鼓を打った善衛門が、箸を止めて言う。

「しかし殿、豊後守様から話を聞いた時は、どうなるかと思いましたぞ」

「災難というものは、思わぬことからはじまるものだ」

「さようにござるな」

お茶を持ってきたお初はというと、阿部豊後守が案じていたとおり、信平を咎人と疑ったことに機嫌を悪くしている。

これまで幾度となく民を助け、世を乱そうとする悪をこらしめた報《むく》いがこれかと、公儀に対して憤慨しているのだ。

善衛門の膳に湯飲みを手荒く置き、

「ああもう、腹の立つ」

考えれば考えるほど、はらわたが煮えくりかえると言った。

身体を反らせて荒い息をかわした善衛門が、渋い顔を信平に向けた。

「お初が怒るのも無理はございませぬぞ。公儀の評定にかけられた者は、めったなことでは疑いが晴れぬのが常ですからな。板倉様とお知り合いでなかったら、どうなっていたことか」

「どうなるのじゃ」

「それは、まあ、あれですな。少なくとも今夜は、こうして夕餉を召し上がれなかったでしょうな」

「板倉殿に、助けられた。しかし、疑われたのは、それだけ麿に隙があったのであろうな」

信平は、狩衣のことを言われると思い、失言に口を塞いだ。だが、善衛門は怒った。

「何を弱気なことを申される。殿に隙などござらぬ。身なりで人を疑う公儀の者が、思慮が足りぬのです。こうなったら、意地でも狩衣を通されませ」

思わず口から出た善衛門が、はっとなった。

「い、いや、今のは聞かなかったことにしてくだされ。それがしが申したいのはですな――」

「何を着ていようが、疑われる時は疑われます」

お初が言葉を被せ、悪いのはあくまで御公儀だと、善衛門を黙らせた。

信平が言う。

「狩衣のことはともかく、板倉殿が心配じゃ。こうしているあいだにもまた、狙われまいか」

善衛門が渋い顔をした。

「また、来ましょうか」

「もしも、襲うた者が猪熊家に関わりがある者で、板倉家を恨みに思うているなら、おそらく来るであろう。屋敷の守りを固めると申されていたが、気になる」

「板倉様は、保科《ほしな》様や酒井様と同格の身。言わば、徳川家宿老でござる。家来の数も百を優に超すのですから、屋敷の守りをお固めになれば、蟻《あり》一匹入る隙間もございますまい。それでも襲えば、自ら斬られに行くようなものでござる」

「板倉殿は、襲うた者はかなりの遣い手ゆえ、ご家来衆が敵う相手ではないと、案じておられた」

善衛門は腕組みをして言う。

「いくら剣の達人と申しても、一度に百人を相手にしたのでは、勝ち目などござらぬ。殿、お気持ちは分かりますが、そう案じられますな。それより、次はいつお会いになられます」

「うむ？」

「またそのようにおとぼけに。奥方様に決まっておりましょう」

今朝も、吹上《ふきあげ》の屋敷を見ていたではないかと言われて、信平は顔が熱くなった。

「決めておらぬ」

「ああ、さようで。待っておられましょうな、奥方様は」

残念そうに目をつむって言った善衛門が、片目を開けて、探るように信平を見てきた。

「文を、書こう」

信平がそう言うと、お初が口を挟んだ。

「信平様」

「うむ？」

「次は、思い切って箱根《はこね》あたりまで足を延ばしてみてはいかがですか」

日帰りできぬ場所を言うお初は、なんだか、じれているように思えた。

信平が黙っていると、

「夫婦なのですから、遠慮はいりませぬ」

一夜を共に過ごせと言ったのには、さすがの善衛門も慌てた。

「それはさすがに、どうかと思うぞ」

お初が不服そうな顔を善衛門に向ける。

「どうしてです」

「頼宣侯が、許されるはずもない。勝手に連れ出せば、おおごとになるのは目に見えておる」

お初は不機嫌な顔で膳を下げた。

台所に行くのを見送った善衛門が、感心したように言う。

「いやはや、おなごというものは、時に大胆なことを申しますな。夫婦というても、ひとつ屋根の下に暮らしておらぬのですから、旅籠《はたご》で一夜を過ごすなどできぬことです」

信平は、できればそうしてみたいものだと思うが口には出さず、月見台に出ると、東の空を見上げた。

松姫と過ごしたあの日のことを思い出すと、胸がざわつく。手には、今も姫の温《ぬく》もりが残っている。空に顔を向けて目を閉じれば、姫の顔や、着物の香りまでも思い出せた。

日暮れ時に一番輝いている星を互いに見ようと、文で約束した。今東の空に浮かぶ金色の星が、姫にも見えているだろうか。

信平は空を見上げて姫のことを思いつつ、こころの片すみで、ふと、板倉を襲った者のことを考えた。

板倉が言ったように、猪熊事件に関わる者の犯行であれば、おそらく、事件に関わった者の子か、その孫。板倉が見た人物像と年月を考えれば、おそらく孫であろう。先人の恨みを背負い、人を襲った今、どのような心持ちで、江戸に潜んでいるのであろうか。

四

信平の想いが通じたかのごとく、男はふと、東の空を見上げた。

齢四十五とは思えぬ肌の艶をしており、上等な生地の単衣に包む体軀も筋骨たくましく、背中にしなりとすがる若い遊女にくらべても、歳の差を感じさせない。

「ねえ旦那、こっちへおいでなさいな」

桜色の襦袢《じゅばん》姿の遊女が床《とこ》に誘うと、男は色気のある流し目を向けて微笑んだ。

「空を見てみな。いい星が出ている」

遊女が男の肩越しに空を見上げて、

「ほんに、綺麗《きれい》なお星様」

うっとりとした顔をして、白い手を男の胸元に滑り込ませた。

それから一刻ほど遊んだ男は、紅色の布団でぐったりとする女の腕を解いて身なりを整えると、遊郭を後にした。

神田明神下まで帰った男は、表通りからひとつ中に入った路地を歩み、家の敷地《しきち》に入る格子戸を引き開けた。

二階建ての表の戸を開けて中に入り、土間の奥の、明かりが灯った部屋に上がると、背を丸めて縫い物をしていた母が、優しい笑みを向けた。

「おかえり、教広《のりひろ》。今食事の支度を」

「いえ、すませてきました。それより母上、寝ていなければだめではないですか」

「今日は、気分がよいのです。お前がくれたくすりのおかげです」

手伝いに来ている町娘がこしらえたお粥をおかわりしたと聞いて、男は表情を明るくした。

「それはよかった。近々、もっとよい薬を持って帰りましょう。さ、横になって休んでください。母上には元気でいていただかなくては、わたしの働き甲斐がなくなります」

「はいはい。これだけすませたら、横になりましょう」

母親は微笑んでそう言うと、ふたたび手を動かしはじめた。

教広がお茶を淹《い》れていると、

「町の様子はいかがでしたか」

手元を見つめたまま母が訊いた。

「はい。まるで何ごともなかったように、静かなものです」

「そうですか」

母は下を向いたまま針の手を止め、厳しい口調で言う。

「父上をあのような目に遭わせた者どもに、油断は禁物です」

教広が表情を引き締め、頭を下げた。

その息子に顔を向けた母は、恨みに満ちた面持ちで続ける。

「教利様とお別れして四十六年になりますが、無念と涙されたあの方の顔を、母は一日たりとも忘れたことはありません。お前のことを思えば心苦しいのですが……」

「父上のご無念は、わたしの無念でもあります。貶《おとし》められた一族のためにも、必ずや、板倉家の者に思い知らせてやりましょうぞ」

「母はもう、長くは生きられぬ」

「母上……」

「よいのです。お前と別れるのは辛いが、教利様のもとへゆける。されど、このように老いさらばえた醜き姿でお目にかかるのは恥ずかしい。せめて、にっくき板倉の一門に仇《あだ》を成したことを、ご報告できればのう」

老母が念仏のように繰り返しはじめたのは、死病に臥《ふ》せた半年前である。

そして、浪人の子として育てられた教広が実父のことを初めて聞かされたのも、その頃。

今年六十四歳になった母のねいは、夏の初めに腹痛と熱を訴えて寝込むようになり、以来、日に日に衰えている。

熱に浮かされ、時々襲われる激しい腹痛に苦しむねいは、懸命に世話をする倅教広の手を取り、

「そなたの父は、浪人などではない。そなたの身体には、高貴なお方の血が流れているのです」

うわ言のように、猪熊教利のことを語った。

京の都で乱行を働いた教利は、帝の逆鱗《げきりん》を知って九州へ逃げて方々を廻《まわ》り、日向《ひゅうが》に潜伏していたところを板倉の手の者に捕らえられたのであるが、それより少し前に潜伏した薩摩《さつま》の地で、世話をしたおねいと情を交わした。

商人の娘であったおねいは、教利が潜んだ山寺のお堂に食事を運んでいたのだが、天下無双ともいわれる教利の美しさに惹《ひ》かれ、恋焦がれるようになった。また、教利も、京のおなごとは違った、素朴な美しさを秘めたおねいにこころを躍らせるようになったのだから、二人が結ばれるのは、自然のことであろう。

この時、教利は、

「おのれ家康、おのれ板倉」

と罵り、自分が京から逃げる羽目に陥ったのは、朝廷で徳川幕府の力を増そうとたくらむ家康に嵌《は》められたのだと言い、施しを受ける哀れな己を嘆きながら、おねいを抱いていたのだ。

なんの汚れも知らぬおねいは、教利の言葉を信じ、哀れな公家にこころを奪われた。

だが、二人の安寧な日は長続きせず、教利が薩摩にくだって間もなく、徳川の追っ手が迫った。

追い詰められた教利は大陸に渡ることを決意し、おねいを連れて博多《はかた》に向かったのだが、追ってきた板倉の手の者によって、日向の国で捕らえられた。

共にいたおねいも捕らえられそうになったが、教利が無理やり連れてきたのだと庇《かば》い、その場で解き放たれた。

この時にはすでに、おねいの腹の中に教広がいたのであるが、子種が根づいて間がなかったため、教利はおろか、おねいも気付いていなかった。

おねいは薩摩に帰ったのだが、父親は、罪人と共に逃げた娘を戻したのでは商売の邪魔だと言い、急いで江戸に出している店に連れて行き、支店をまかせていた左衛門《さえもん》に命じて、嫁入り先を探させた。

程なく、出入りを許されていた駿河台《するがだい》の八百石旗本、沢木《さわき》某の家来、今井《いまい》十兵衛《じゅうべえ》との縁組が定まり、二百両の持参金で嫁いだ。

おねいの父親が、暮らし向きに困窮していた沢木家にも五百両という大金を渡してまで、今井十兵衛との縁組を推し進めるよう懇願したのは、娘が教利の子を孕《はら》んでいることを恐れたからに他ならない。

そして、おねいは十月《とつき》後に男子を産んだ。

おねいを大事にしていた今井十兵衛は、自分の子ではないと分かっていても、嫡男だと言って大いに喜んだが、周りの者は、日が合わぬと噂した。当然、おねいには誰の子であるか分かっている。そして、お産を手伝った今井の同輩の妻が、

「この子は身体が小さいので、早く出てきたのやもしれませぬよ」

皆にそう言ってくれたおかげで、おねいに向けられた疑いが晴れたのだ。

こうして、今井家の嫡男となった教広であるが、生まれて一年もせぬうちに主家の沢木家が取り潰しとなり、今井十兵衛は浪々の身となった。

幸い、支度金に手を付けていなかったので、たちまち暮らしに困ることもなく、おねいの実家からの援助もあり、教広を心法《しんぽう》流の剣術道場に通わせる余裕があった。

浪々の身となって八年後、心の臓を患い十兵衛があっさりこの世を去ってからは、親子二人で生きてきた。

そのような子を、今さら命の危険に曝すような母がどこにおろうか。

おねいとて、教利の仇を討たせることなど微塵《みじん》も思うことなく、四十六年ものあいだ、秘密を守り通してきた。

だが、死病に取り憑《つ》かれ、想い続けてきた教利のもとに旅立つのを待つだけとなった今の今、

「このままでは、顔向けできぬわえ」

急に、冥土《めいど》の土産《みやげ》がほしくなったのだ。

死に向かう恐怖が、おねいに心変わりさせたとも言えよう。

そして教広は、母の願いを叶《かな》えるべく、恨んでもおらぬ者を恨み、剣を取っていたのである。

五

この夜は、星ひとつない暗闇であった。

牛込御門内にある三河中島《みかわなかじま》藩一万石の藩主、板倉主水重矩《もんどしげのり》の屋敷は、すでに灯明も絶え、静まり返っている。

先日は霜が降りるほど寒かったが、明日は雨が降るのか、今宵は湿気も多く、生温かい。

表門の前に立ち止まった教広は、あたりの様子をうかがい、裏手に回った。

屋敷の間取りは、頭の中にたたき込んである。

教広は、母のために剣を取ると決めた時から、この屋敷に出入りする侍女にめぼしを付け、さりげなく接触した。

父親譲りの容姿と、長年培《つちか》った話術をもって巧みに侍女を油断させ、奥向きで奉公するおなごであると知るや、我がものとした。

情を交わし、おなごがすっかり気を許したところで、今度は屋敷の大まかな間取りを聞き出し、あるじの重矩が休む寝所の位置も聞き出している。そして今宵、重矩が屋敷にいることも、つかんでいた。

「次は、屋敷に忍び、そなたを抱きたい」

「だめです、そのようなこと」

「よいではないか、殿様がおらぬ夜は、人も少なかろう」

このようなことをささやいて侍女を困らせ、重矩が屋敷にいる日を探り出したのだ。

裏手に回った教広は、土塀の向こうに茂る高い木を見極めて足を止めると、鉤爪《かぎ》の付いた縄を投げて瓦にかけ、土塀をのぼった。

木の茂みに身を隠し、様子を探る。

雨戸を閉てられた屋敷が、闇夜の中で黒い影を横たえている。

裏庭に明かりはなく、見張りもいない。

教広は、とん、と土塀の甍《いらか》を蹴り、裏庭に下り立った。

その時――

屋敷の角から明かりが差し込み、ちょうちんをぶら下げた侍が裏庭に来た。

宿直の者の見回りらしいが、黒い狩衣を闇に溶け込ませながら大木の根元に潜む教広のことには、まったく気付かずに歩み去った。

手薄でも、起きている者がいる。

教広は、油断せず静かに鯉口を切り、歩みを進めた。

侍女が教えた場所が正しければ、仇の重矩は、ここから先の、二つ目の部屋に寝ているはず。

音を立てずに抜刀し、いざ切り込まんとした。

だが、蹴破ろうとした雨戸が一気に引き開けられ、それを合図に、周囲にちょうちんの明かりが集まってきた。

「ぬっ、罠《わな》か」

息を呑む教広の前に、襷鉢巻姿の侍が立ちはだかった。

「殿の命を狙う不埒《ふらち》な奴。生きて、ここから出られぬと覚悟いたせ」

落ち着きはらった声の侍が、腰を落として太刀を引き抜き、ゆるりと正眼に構えた。

寸分の隙もない、見事な構え。

かなりの遣い手だと、教広はみた。

が、己の敵ではない。

裂帛の気合を発した侍が切り込む刃を、飛びすさってかわした。

他の者にはそう見えたに違いないが、教広が地に足をつけるや、侍の額から血しぶきが噴き、足から崩れるように、伏し倒れた。

後ろへ飛ぶと同時に打ち下ろした太刀の切っ先が、相手の太刀筋に勝り、額を割っていたのだ。

「おのれ！」

「斬れ、斬れ斬れ！」

藩随一の遣い手を斬られたことに慌てた藩士たちの声が入り乱れた。

「たあ！」

「やあ！」

息を合わせ、同時に斬りかかる。

教広は最初の太刀を弾き返して喉を突き、二人目の太刀をかい潜りながら胴を払った。

背後から斬りかかろうとする相手に切っ先を向ける。その者は、うっ、と目を見開き、後ずさる。

教広は太刀を下段に構えて皆を見回し、威嚇した。

藩士は刀こそ構えているが、恐るべき剣を遣う教広に恐れ、かかってこない。

「そこまでじゃ!」

大声に顔を向けると、弓矢を番《つが》えた侍が、教広に狙いを定めていた。その横に立つ者は、身なりから察するに仇。

教広が太刀の切っ先を向ける。

「おのれが、重矩か」

「いかにも。そのほうの名は」

重矩は、堂々とした態度で問うた。

自信に満ちた笑みを浮かべていた教広が、急に真顔となり、鋭い眼光を向ける。

「我は、藤原《ふじわら》教広じゃ」

名を聞き、重矩が目を見開いた。

「では、やはり——」

「そちの命を絶ち、我が一族の恨みを晴らさん」

教広が重矩の言葉に被せ、切っ先を向けて迫ったのだが、射られた弓矢に邪魔をされた。

太刀を立てて矢をかすめ飛ばしたが、その隙に、重矩が逃げた。

「おのれ、待てぃ！」

突風のごとく座敷に駆け入り、次の矢を番えようと急ぐ者の弓弦《ゆみづる》を切ったところで、重矩と入れ替わりに、座敷の奥から家来たちが飛び出してきた。

湧き出るように現れた家来どもが、

「殿をお守りいたせ！」

怒号を吐きながら、じりじりと迫った。

これでは、分《ぶ》が悪い。

ち、と舌を鳴らした教広は、狩衣の袖を振って背を返すと、逃げ道を塞ごうとした五人を斬殺し、裏門から逃げ去った。

六

「降りはじめると、やはり寒いですな。殿、そろそろ手あぶりを出しますかな」

善衛門が恨めしげに空を見上げて言い、信平の部屋に入ってきた。

開けられた障子の先に目を向けると、冷たい雨に打たれたもみじが、紅《あか》い葉を寂しげに濡らしている。

その庭を塞ぐように、佐吉が廊下に現れた。

「殿、お客人がまいられました」

「どなたが来られたのだ」

善衛門が訊くと、

「阿部、豊後守様にござる」

不器用な物言いで告げると、信平の返答を待った。

雨の日に、ふらりと遊びに来たわけではあるまい。

「まいろう」

すぐに応じて、書院の間に向かった。

お初が下座に控えて座り、阿部は上座にて信平を待っていた。

「豊後守様、お呼びくだされば、こちらからまいりましたものを」

信平が恐縮して頭を下げると、

「いやいや、ちと急な頼みごとがあり、こうしてまいったのだ」

扇子の先で、前に座るよう示された。

「はは」

信平は下座に向かい、阿部と対面して座った。

お初が茶を用意しに戻ろうとするのへ、

「お初、そなたも共に聞け」

阿部が命じ、善衛門にも近《ちこ》う寄れと言い、神妙な顔をする。

「何か、ございましたか」

信平が案じると、阿部が目を向けた。

「板倉重宗殿を襲った例の曲者が、昨夜、中島藩の上屋敷に現れた」

「中島藩と申せば……」

善衛門が口を挟んだが、言葉を控えた。

「さよう。重宗殿の甥《おい》、重矩殿の屋敷だ」

いよいよ面倒なことになってきたと言い、阿部がため息をついた。

「その曲者が、名乗りおったのだ。藤原教広とな」

藤原の姓は、飛鳥《あすか》の時代から多くの公家を輩出した名門。鷹司家も、本姓は藤原。詳しく述べれば、藤原北家《ほっけ》である。

「では、やはり」

「我が一族の恨みを晴らすと、申したらしい。公家の血を引く者とみて、間違いあるまい。さらに申せば、猪熊教利に関わりが深い者。板倉両家を狙ったのが、そうだと物語っておる」

「確かに」

「そこで信平殿、貴公に手を貸してもらいたい」

信平は、顔を曇らせた。

「父上に、何か訊きたきことがあるのですね」

察した信平に、阿部が満足そうな顔でうなずいた。

「猪熊教利を捕らえたのは、板倉重宗殿の父、勝重殿と、その三男重昌《しげまさ》殿。今は亡き重昌殿は、重矩殿の父だ」

「なるほど。では、猪熊教利殿の仇討ちが狙いですか」

「そう考えてすぐ調べたのだが、どうも解せぬ」

「と、申されますと」

「猪熊教利の血を引く者は、今は高松藩松平家の家来。江戸屋敷ではなく、国許にいることが分かった」

「では、誰が」

「それが分からぬのだ。伊豆守は所司代に命じて調べさせればよいと申しているが、ことをおおやけにすれば、朝廷に対して角《かど》が立つ。伊豆守を抑えているあいだに、なんとか調べてくれぬか。信房《のぶふさ》様なら、何かご存じかもしれぬ」

「分かりました。内密に訊いてみましょう」

「おお、聞き入れてくれるか」

「すぐに、手配いたします」

「来た甲斐があった。何か分かれば、すぐわしに知らせてくれ。頼んだぞ」

「はは」

慌ただしく帰る豊後守を見送り、信平は文をしたためるため自室に戻った。

徳川の家来となって以来無沙汰をしている信平は、父に手紙を書こうとしたのだが、初めの言葉が見つからない。

夕餉時になっても筆が重く、灯した蠟燭の火が消え、外が白みはじめた頃になってようやく、一通の手紙を書き終えた。

「殿、寝ておられませぬのか」

朝餉の味噌汁をすすっていると、善衛門が覗き込むようにして、

「目が赤《あこ》うござるぞ」

信平を案じた。

「文とは、難しいものであるな」

信平は、玉子焼に箸を向けながら、あくびをした。

「さようでございますかな。奥方様に宛てられる手紙は、すらすらとお書きになるのに」

「ふむ。確かに」

苦笑いをする信平を、善衛門がちらりと見た。

「内容など、どうでもよいのです。殿から文が届くだけで、お父上はさぞ、お喜びになられましょうぞ」

「そうであろうかな。引き受けたものの、厄介をかけるようで心苦しい」

すると善衛門が、ぎょっとした。

「まさか殿、猪熊のことだけを書かれましたのか」

「いや……」

それに近いだけに、信平は口を濁した。

「殿？」

「言葉が、出てこぬのだ」

「寂しいことを申されますな。江戸での暮らしぶりなど、なんでもよいから書かれませ。当然、奥方様のことは書かれたのでござろうな」

指の先で頬をかく信平に、善衛門が呆れた。

信平はふと思い立ち、善衛門を見た。

「今日は、吹上にまいるとしよう」

「奥方様のところでござるか」

「いや、本理院《ほんりいん》様に文を読んでいただき、足りぬところをご教示願う」

信平は、父に対して失礼のない文を送りたいと思っていたのだ。

その気持ちを覚ったのか、

「なるほど、それもようございますな。それがしも共にまいりますぞ」

善衛門が顔を明るくして言い、急いで朝餉をすませた。

黄土色の狩衣で出かけた信平は、半蔵門を潜ると左に曲がり、水戸徳川家の門前を歩んだ。この先に見える荘厳な門が、紀州徳川家の屋敷である。

善衛門は、

「奥方様は、今頃何をされておりますかな」

などと言い、嬉しげな顔で屋敷を見上げている。

唐破風檜皮葺《からはふひわだぶ》きの御成門《おなりもん》を過ぎた時、表門の潜り門が開き、侍女と思しき身なりの女が出てきた。

門前を右に曲がって歩もうとした時、信平と鉢合わせになる形となり、ぎょっと目をむいて、手で口を塞いだ。

「申しわけございませぬ」

慌てて道を空ける侍女に、

「すまぬ」

信平は声をかけて、立ち去った。

信平は気付いていないが、この侍女、名を千代《ちよ》といい、松姫が信平に会うために出かける際、駕籠に付き添ったことがある。

お辞儀をした千代は、ぽっと顔を赤らめていたのだが、信平の背中が遠のくや、慌て屋敷に戻った。

「おや千代さん、どうなされたので？」

不思議そうに訊いた門番に、

「松姫様に知らせなくては」

それだけ言うと、奥御殿に駆けて行った。

紀州藩邸の奥御殿がにわかに騒がしくなったことなど気付かぬ信平は、本理院の屋敷を訪ねた。

信平が父に宛てた手紙を静かに読み終えた本理院は、

「なんとも、味気のない文だこと」

唇にそっと手を当てて、くすりと笑った。

信平は、苦笑いを浮かべた。

「お役目のことゆえ、仕方ございませぬ」

「そのようですね。京で起きたことはよう分かりませぬが、それにしても、味気ない。そなたのことを、少しでも書かれたらいかがか」

「なにぶんにも、父上に文を書くのが初めてなもので」

「父上も、そなたに文を送られぬのでしょう」

何ゆえ知っているのかと、信平は不思議そうな顔をした。

本理院はふたたび笑って言う。

「なんでもよいのです。そなたの暮らしぶりを、少しでも教えてさしあげなさい」

「はあ」

「わたくしも父上に文を書きますから、共に送ってさしあげましょう」

本理院の使いとなれば、必ず父のもとに届く。

「そうしていただけると、助かります」

頭を下げる信平の前に、硯《すずり》と筆が置かれた。

顔を上げると、侍女がさも楽しげな笑みを浮かべ、下座へ下がった。

「本理院様、ここで書くのですか」

本理院が悪戯《いたずら》な笑みを浮かべ、

「わたくしが見てさしあげましょう」

陽気にぽんと、胸をたたいて見せる。

信平が筆を置いたのは、夕暮れ時だ。

猪熊のことはそのまま書き写しただけであるが、近況のことと、これまで無沙汰をした詫びを含めた文を書き上げるのに力を使い果たし、

「これでよろしいでしょう」

本理院の許しが出た時には気が抜けて、思わず仰向けとなって背を伸ばした。

「信平」

声を改めた本理院に応じて、信平が起き上がった。

「はい」

「これからは、時々文を送ってさしあげなさい」

神妙な面持ちに、信平は不安になる。

「父上は、どこかお悪いのですか」

「いいえ。甥の教平《のりひら》殿のほうがまいりそうだと申すほど、お元気なご様子。ただ、もうお歳ですから、悔いを残さぬことです」

「分かりました。そのようにいたしまする」

本理院は、信平の手紙を畳むと、自分がしたためた手紙を添えて、京に送る文箱《ふばこ》に納めた。

頃合いを見計らった侍女が、本理院に何かを伝えた。

その侍女を下がらせた本理院が、信平に言う。

「お腹《なか》がすいたでしょう。夕餉を調えさせましたから、食べて帰りなさい。葉山殿も」

「はは、遠慮のう頂戴します」

控えていた善衛門が即座に返答し、別の侍女に連れられて別室に下がった。

「信平は、こちらで」

本理院が立ち上がり、自ら別室に案内した。

膝をついて襖を開けると、

「さ、お入りなさい」

先に入れと誘う。

信平は恐縮して部屋に入り、思わず息を呑んだ。

用意された膳の横で頭を下げるおなごがいたのだが、顔を見るまでもなく、誰であるか分かったからだ。

「松殿」

雅な打掛けをまとった姫が顔を上げ、優しい笑みを浮かべた。

「どうしてここに?」

「信平様が藩邸の前をお通りになられたと聞き、もしやと思い、上がらせていただきました」

「では、ずっと待たれていたか」

松姫は笑みを浮かべるだけで、答えない。

「そなたがぐずぐずしているからですよ」

本理院が代わりに教えた。

「それは、すまなかった」

「いいえ。わたくしが勝手に押しかけたのですから、こうしてお目にかかれただけで……」

幸せだと言いかけたのか、松姫は下を向いてしまった。

本理院は微笑ましく見ていたが、立ち上がった。

「では松殿、後を頼みます。御屋敷には、わたくしがよきに計らうゆえ、存分に語るがよいぞ」

松姫は平伏し、信平が言う。

「本理院様、お気遣い、かたじけのうございます」

「よいのです。あまり遅くならぬうちに、姫をお返しなさい」

「はは」

本理院は気を利かせて、襖を閉めた。

二人は見つめ合い、松姫が銚子を向ける。

酌をしてもらうのは、初めてのこと。

信平は、嬉しさよりも緊張のほうが上回り、盃を持つ手が震えた。銚子を持ち、うつむき気味に近づく姫の美しい顔を見ると、手の震えはますます大きくなった。

信平だけならまだしも、松姫の手も震えているのだから、小さな盃に酒が入るわけがない。

銚子の口と盃をかたかたと鳴らしながら注ごうとして、見事にこぼした。

「あっ」

「しまった」

松姫が懐紙を取り出し、狩衣を濡らした酒を拭こうと伸ばした手を、信平の手が包み込んだ。

はっとする松姫だが、手を引こうとはしない。

吸い込まれそうな美しい目に見つめられて、信平は手を引き寄せた。

「姫」

腕の中に抱き寄せた姫の身体は、壊れてしまいそうだ。

離したくない——

姫を抱きしめた信平は、こころの中で叫んだ。

「松と、お呼びください」

信平を見つめていた姫の目が、ゆるりと閉じられた。

「松」

二人は引き寄せられるように、唇を重ねた。

七

信平と本理院の文が早飛脚によって京の鷹司家に届けられたのは、六日後のことだ。

あくまで本理院からの文とされていたため、京都所司代を通して館に送られたのである。

信平からの文を受け取った信房は、

「信平め、なかなかに、泣かせおる」

旗本としてつつがない暮らしぶりを書いてよこした倅の気遣いに、胸を熱くした。

僅かな領地をいただき、世のために働く信平のことは、信房の耳に届いている。

庶子として苦労させたゆえ、さぞ、己のことを恨んでいようと思うていただけに、老いた身を案じる言葉が、よけいに辛かった。

「信平殿は、なんと」

鷹司家当主の教平は、二十七歳年下の信平を叔父とは呼ばぬ。呼ばぬが、疎んでいるわけではなく、ただ、歳の差が邪魔をして呼ぶ気にならぬだけだ。

信房は、信平の近況を知らせる手紙は除き、先の所司代板倉重宗と、その甥重矩が襲われたことを記した物を渡した。

教平が目を通し終えるのを待っていた信房は、ため息まじりに言う。

「どうも、厄介なことを頼まれたようじゃ」

教平が神妙な顔でうなずいて言う。

「確か、猪熊教利殿の血を引く者は、高松藩主、松平頼重殿の家来となっているはず。これには、他にも血を引き継いだ者がおるのではないかと問うておりますが……」

そこまで言った教平が、手紙を見つめて、首をかしげながら続ける。

「そのような者がおるとは、聞いたことがございませぬ」

「それが、おるのだ」

信房が、ぼそりと言った。

「なんと！」

目を丸くする教平に、信房が難しげな顔で告げた。

「女癖が悪いと評判だった男だ。方々に子がいても不思議ではない。京から落ち延びた先でも、懲りずにおなごを囲い、少なくとも男子《おのこ》を一人、授かっておるはず」

「そのことを、何ゆえお知りに？」

「もう四十年以上も前のことだが、然《さ》る娘の父親が、娘が猪熊の子を孕んでおるやもしれぬと、文をよこした。多額の金子《きんす》を添えてな」

「生まれてくる子を公家として認めるよう、求められましたか」

「いや、猪熊の助命を求められた。我ら摂関家の者はもとよりそう望んでおったが、帝のお怒りを鎮めること叶わず、後は、お前も知ってのとおりじゃ」

「わたしが父上から聞いている話では、後陽成天皇は事件に関わった者すべての死罪を望まれましたが、国母様から寛大なる処置を願われた家康公が、二人を除く者たちの命を救うたはず」

「それよ、此度の災いの元は。事件に関わりし十二名のうち、死罪にされたのは、猪熊卿《きょう》と他一名のみ。見せしめに殺されたと逆恨みされても、仕方のないことじゃ」

教平が、難しげな顔で目を泳がせた。

「家康公が帝の命に従い、一人残らず死罪にしておけば、遺恨は生じなかったのではないでしょうか」

「そうであるな。家康が、帝の意に背《そむ》いた結果がこれじゃ。今思えば、家康は国母様の意に従《したご》うたのではなく、幕府の力を見せつけるために、帝の命に背いたのであろう。処罰がくだされた後に、帝は己の力のなさに失望され、譲位を望まれるようになった。反対に、朝廷における幕府の力が増し、今に至っておるのだから、家康の狙いどおりになったというわけじゃ」

「当時の朝廷の中には、猪熊殿が起こしたことでさえ、家康公の策略によるものだとささやく者がいたとか。今江戸を騒がせている曲者がまことに、四十六年前に死した猪熊殿の血を引く者ならば、板倉の命ばかりか、徳川の血も絶やさねば、恨みは消えぬやもしれませぬな」

「声が大きいぞ、教平」

睨まれて、教平は扇子で口を隠した。

信房は、深い息を吐いた。

「まことに恐ろしきは、人のこころというものよ」

「さようにございますな」

「この一件は、信平が始末することになろうな」

「何ゆえ信平殿が」

「幕府が板倉殿の件に信平を巻き込んだ狙いは、公家の血を引く者が幕府に恨みを抱いておると知ったうえでのことじゃ。麿の血を引く信平に退治させ、幕府に向けられた矛先をかわすつもりであろう」

「まことに、したたかでございますな」

「二百石では、割に合わぬことじゃ」

嘆いた信房は、筆の支度をさせて、しばし館の庭に咲く草花を眺めていたが、ふと笑みを浮かべ、つらつらと筆をはしらせた。

八

「やはり、おとしだねがいたか」

内桜田の屋敷を訪ねた信平の知らせに、阿部豊後守は厳しい顔をした。

信平がさらに言う。

「父は、猪熊教利殿が見せしめのごとく処刑されたと思い込み、仇をなそうとしているのではないかと申しております」

「逆恨みもいいところであるな」

「はい。ゆえに、公家の出であるわたしに、始末をつけるよう言うています」

阿部は探るような目を向けた。

「貴公は徳川の家来だ。いや、待て」

しばし考え、改めて信平に言う。

「五摂家鷹司家の者が成敗すれば、禍根《かこん》を断てる。そう信房様はお考えになられたか」

「おそらく」

「して、貴公はどうなのだ」

「どう、とおっしゃいますと」

「公家の血を引く者を、討てるか」

「お命じとあらば、果たして見せまする」

探る目を一転させ、満足そうな面持ちとなった阿部がうなずく。

「では、貴公にまかせる」

「はは」

「それにしても、今頃になって仇討ちとはな。よほど執念深い者と見た。相当な遣い手ゆえ、くれぐれも、気をつけるのだぞ。明日は諸大名が総登城するお城揃えゆえ、江戸城下で騒動が起きぬよう頼む」

信平は両手をついた。

「承知しました。おそれながら、豊後守様に願いたきことがございます」

「申せ」

「仇討ちと思われるからには、板倉御両家を狙うてくるは必定。くれぐれも警固を怠らぬようにと、お伝えください」

「承知した」

「では、これにて」

信平は頭を下げて、豊後守の屋敷を辞した。

真っ直ぐ四谷の屋敷に帰り、善衛門とお初と佐吉を部屋に呼び、子細を告げた。

「では殿、牛込の板倉屋敷を見張ればよろしいのですな」

佐吉がすぐに発《た》とうとしたのを止めた信平は、お初に言う。

「佐吉と共に頼む」

「かしこまりました」

「大名屋敷を襲って逃げたほどの遣い手ゆえ、油断せぬように」

二人は厳しい顔つきで応じ、出かけていった。

善衛門が言う。

「では殿、我らもまいりましょうか」

「うむ」

信平は、板倉重宗の屋敷へ向かった。

外桜田の屋敷は、すでに警固の者が増やされて物々しい様子だ。

そのいっぽうで、隠居はしたが、まだまだ若い者にはまかせられぬ、と出しゃばる重宗が、付き添って登城するという。

口ではそう強がっているが、手薄となる屋敷に残すのは心配だと倅に言われて、やむなく登城する重宗である。

今日の江戸は抜けるような青空であったが、西日が射《さ》しはじめると、

「今日は何やら、日が暮れるのが早うござるな」

開けはなたれた障子から空を見上げた善衛門が、眩《まぶ》しそうに目を細めてそう言っ

た。

日が暮れ、手燭《てしょく》を持って現れた侍女が、薄い木っ端に火を移して、燭台の蠟燭を灯した。

庭には篝火《かがりび》が焚《た》かれ、警固の者がいっそう目を光らせている。

「いやあ、お待たせした」

明日の支度を終えた重宗が、膳を持った侍女を連れて部屋に入ってきた。

共に夕餉を摂ろうと言い、呑気に構える老武士の肝の太さには、善衛門が舌を巻いた。

大名家の豪華なお膳を前にしても、信平の箸はすすまなかった。

白髪の鬢が似合う重宗は、善衛門とたあいのない話をしていたが、ふと、信平に目を向けた。

「信平殿、箸がすすんでおらぬぞ」

善衛門が気付き、

「殿、いかがなされた」

そう言ってきたが、信平は答えず、膝を転じて重宗に向いた。

「ひとつ、訊ねたきことがございます」

すると、重宗はなんのことか察したらしく、静かに盃を置いた。

「聞こう」

「藤原教広なる者を、ご存じだったのではありませぬか」

「鷹司家のお父上殿は、なんと申されましたかな」

「詳しいことが知りたくば、周防守殿に訊くがよいと」

「うむ、さようでござるか。あの親子のことは、遠い昔に終わったことと思うていたのだが」

重宗はしばし考えた後に、重い口を開いた。

「猪熊卿が薩摩に潜伏した折に、おねいと申す商人の娘と恋仲になっており、我らが猪熊卿を捕らえた際、共にいたおねいも捕らえた。匿った罪で罰に処するか否か、判断に迷うたが、商家の娘であったゆえ、お咎めなしといたした。ところが……」

重宗は盃の酒を舐めて、続けた。

「公儀の隠密が目を付けていた中、おねいが旗本の家来に輿入《こしい》れしたのだ。そして、一年もしないうちに男子が生まれた」

「それが、おとしだねだと」

「確たる証はなかったが、幕府はそう睨んでいた。しかし、猪熊卿はすでに処刑され、ことは落着しておったのでな。生まれた子とて、今井と申す者の子とされていたゆえ、そのまま捨ておいてもよかったのでござるが、大御所様の地獄耳に入ってしもうてな」

「家康公の？」

「さよう。他国の家ならともかく、直参旗本が、持参金ほしさに猪熊卿を匿った者と家来の縁組を許したとあっては帝に申しわけが立たぬとお怒りになり、沢木家は断絶、家来は散り散りとなった。その後、今井某は武士の身分を捨て、親子安寧に暮らしていたはずだが、今はどこでどうしておるのやら」

重宗は腕の包帯を見つめ、今さら、なぜこのようなことになったのか分からぬと、首をかしげた。

九

幸いに何ごとも起こらず、夜が明けた。

佐吉とお初からの知らせもなく、牛込のほうも何ごともなかったようだ。

朝から慌ただしくしていた板倉重宗は、警固をした信平に礼を述べると、行列を揃えて城へ発った。

外桜田門の屋敷から大手門は、目と鼻の先。日比谷《ひびや》堀から馬場先堀へ続く岸を進み、辰口を渡れば大手門前であるが、上屋敷を出立した諸大名の行列が集まり、大手門前は大混雑となっていた。

辰口を渡り、和田倉堀のほとりを進んでいた板倉家の行列は、他家の大名行列に重ならぬよう粛々と歩み、大手門を目指した。

前をゆく細川越中守《ほそかわえっちゅうのかみ》の行列が辻番所の前を過ぎた時、番所の角から、つと人が出てきた。

出てくるなり、羽織っていた薄絹を払い上げ、太刀を抜刀して板倉家の行列に向かってきた。

黒い狩衣を着た者に、露払いが身構える間もなく袈裟懸けに斬られ、早朝の空に悲鳴が響き渡った。

「曲者じゃ！」

行列を守る家来が抜刀して叫ぶや、黒い狩衣の男に斬りかかった。だが、突風のごとく迫る男の刃を腹に受け、呻き声をあげると、つんのめるように伏し倒れた。

「怯むな！　殿をお守りせい！」

家来が駕籠の周りを固め、黒い狩衣の男に切っ先を向けて構えるが、ものともせずに襲う男の太刀で次々と斬られた。

足を斬られ、あるいは腕を落とされて呻き声をあげる家来たちを横目に、黒い狩衣の男が駕籠の前に立った。

重宗は戸を引き開けて、男を睨み上げている。

「藤原教広か」

「いかにも」

「わしを斬って、なんとする」

教広は、答えない。

鋭くも美しい目で重宗を見下ろし、眼前に太刀の切っ先を向けた。

「お命、頂戴いたす」

まさに、突き入れんとした、その時。凄まじい剣気に襲われた教広は、咄嗟に飛びすさった。

払い上げられた刃を紙一重でかわした教広が、

「むっ」

狩衣を着た信平に、目を見張った。

狐丸を右手に下げた信平は、鋭い目を向けている。

「藤原の姓を名乗る者よ。これ以上、猪熊卿の名を汚すでない」

「おのれは、何奴じゃ」

「鷹司、松平信平」

「摂家の者か。ならば、我らは同じ藤原北家の祖先を持つ者。ここは見逃されよ」

「ならぬ」

「どうしても、どかぬか」

「刀を引かれよ、教広殿」

教広は微笑を浮かべた。

足を横に僅かに開き、太刀を脇構えに転じる。

信平はそれに応じて、左足を引いて右手を前に出し、狐丸の切っ先を向けた。

左肩から前に出た教広が、突風のごとく迫り、背に隠していた太刀を右から左へ一閃した。

信平が身を引いて切っ先をかわすや、ずいと追ってきた教広が、斬り上げる。

凄まじい太刀筋である。

手応えを得た教広が、楽しむように言う。

「ほう、公家にしては、なかなか遣うではないか」

僅かに遅れた信平は、狩衣の胸の部分を切り裂かれていた。

「逃げるなら、今ぞ」

そう言った教広がすっと左足を引き、正眼に構えた。先ほどとは違い、隙が消えている。

「殿、助太刀いたす」

善衛門が抜刀するのを、信平は左手を向けて制した。ゆるりと足を開いて腰を低くし、狐丸をにぎる右手を横に広げた。

両手を大きく広げた構えに隙を見出《みいだ》したのか、教広は無言の気合をかけて斬りかかった。

信平が狐丸を振るって太刀を払うと、鈍い鋼《はがね》の音と共に、相手の刀身が折れ飛んだ。

目を丸くした教広が、根元から折れた太刀の柄を投げ捨て、

「おのれ！」

小太刀を抜き、斬りかかった。

信平は刃を潜り抜けると同時に、教広の足を斬った。

「信平殿、殺してはならぬ」

重宗が止めた。

「く、くぅ」

片膝をつき、歯を食いしばる教広が、信平に背を向けて板倉に切り込もうとした。

信平は咄嗟に、峰に返した狐丸で教広の背中を打った。

呻き声をあげた教広が駕籠の前に倒れ、

「母上……」

薄れゆく意識の中で板倉を睨みながら言い、気絶した。

静かに狐丸を納刀する信平に、重宗が言う。

「秘剣、鳳凰の舞、しかと見せていただいた。信平殿、かたじけのうござった」

駕籠から出た重宗が、浮かぬ顔で頭を下げた。

十

「では、死にゆく母のために、板倉を襲ったと申すか」

大手門前で起きた騒動の経緯を聞き、将軍家綱は訊き返した。

藤原教広と名乗った今井教広は、評定所の調べに対して口を閉ざしたが、騒動を知った母のおねいが名乗り出て、包み隠さず白状した。

教広は、紛れもなく猪熊卿のおとしだねであると訴え、己一人に罪があると言い、息子の助命を願った。

だが、板倉の屋敷を襲い、家来の命を奪った罪は、いかなる理由があろうと許されるはずもない。

訊き返した家綱に、伊豆守は縷々述べた後で、真顔で言う。

「教広は昨日、斬首に処しましてございます」

家綱は案じた。

「母親は、どうなったのじゃ」

「息子を凶行に走らせたことは酌量の余地もなく、北町奉行に厳しく処罰するよう命じておりましたが、沙汰を待たずして、病にて果てたとのことにございます」

「そうか」

物悲しい面持ちをする家綱を見て、阿部豊後守が言う。

「なんとも、後味の悪いことです。信平殿には、いやな役目をさせてしまいました」

家綱が阿部を見て言う。

「鷹司信房殿から、文が届いたぞ」

「なんと、申されましたか」

「信平が文をくれたと、喜んでおられた。徳川の家来として世の役に立てるよう、よしなに頼むとも」

家綱は伊豆守を見ながらそう言った。

阿部がすかさず口を添える。

「此度の件は、信平殿の働きがなくば、幕府と公家、いや、朝廷とのあいだに溝が生じたかもしれませぬ」

「そのようなことはない」

伊豆守が否定したが、

「豊後守が申すこと、もっともじゃ」

家綱が認めた。

「上様」

それ以上言わさぬようにする伊豆守であったが、家綱はかまわず続ける。

「猪熊卿を哀れと思う公家もいると聞く。信平ではなく、板倉家の者が教広を倒していたなら、遺恨が生じたかもしれぬのだ」

「それは、まあ」

伊豆守が反論せぬのを見て、家綱が告げた。

「よって、此度の働きに対し、信平に五百石を加増する」

「さすがは上様、賢明かと存じまする」

阿部が大袈裟に言い、伊豆守を見つめた。

伊豆守は不服げな顔で睨み返したが、異は唱えなかった。

下段の間で呼ばれるのを待っていた善衛門は、このやりとりを地獄耳で聞き、

「よし！」

思わず膝をたたいて尻を浮かせたが、取り次ぎの者に睨まれて、空咳をして居住まいを正した。

本丸の庭には薄日が射していたのだが、ひらひらと、雪が舞い降りてきた。

本書は『暴れ公卿 公家武者 松平信平4』（二見時代小説文庫）を大幅に加筆・改題したものです。

|著者| 佐々木裕一　1967年広島県生まれ、広島県在住。2010年に時代小説デビュー。「公家武者　信平」シリーズ、「浪人若さま新見左近」シリーズのほか、「若返り同心　如月源十郎」シリーズ、「身代わり若殿」シリーズ、「若旦那隠密」シリーズなど、痛快かつ人情味あふれるエンタテインメント時代小説を次々に発表している時代作家。本作は公家出身の侍・松平信平が主人公の大人気シリーズ、その始まりの物語、第4弾。

暴《あば》れ公卿《くぎよう》　公家武者信平《くげむしやのぶひら》ことはじめ㈣

佐々木裕一《ささきゆういち》

© Yuichi Sasaki 2021

2021年6月15日第1刷発行

発行者――鈴木章一
発行所――株式会社　講談社
東京都文京区音羽2-12-21　〒112-8001
電話　出版（03）5395-3510
　　　販売（03）5395-5817
　　　業務（03）5395-3615

Printed in Japan

講談社文庫
定価はカバーに
表示してあります

KODANSHA

デザイン―菊地信義
本文データ制作―講談社デジタル製作
印刷――豊国印刷株式会社
製本――株式会社国宝社

落丁本・乱丁本は購入書店名を明記のうえ、小社業務あてにお送りください。送料は小社負担にてお取替えします。なお、この本の内容についてのお問い合わせは講談社文庫あてにお願いいたします。

本書のコピー、スキャン、デジタル化等の無断複製は著作権法上での例外を除き禁じられています。本書を代行業者等の第三者に依頼してスキャンやデジタル化することはたとえ個人や家庭内の利用でも著作権法違反です。

ISBN978-4-06-523772-4

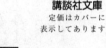

講談社文庫刊行の辞

二十一世紀の到来を目睫に望みながら、われわれはいま、人類史上かつて例を見ない巨大な転換期をむかえようとしている。

世界も、日本も、激動の予兆に対する期待とおののきを内に蔵して、未知の時代に歩み入ろうとしている。このときにあたり、創業の人野間清治の「ナショナル・エデュケイター」への志を現代に甦らせようと意図して、われわれはここに古今の文芸作品はいうまでもなく、ひろく人文・社会・自然の諸科学から東西の名著を網羅する、新しい綜合文庫の発刊を決意した。

激動の転換期はまた断絶の時代である。われわれは戦後二十五年間の出版文化のありかたへの深い反省をこめて、この断絶の時代にあえて人間的な持続を求めようとする。いたずらに浮薄な商業主義のあだ花を追い求めることなく、長期にわたって良書に生命をあたえようとつとめるところにしか、今後の出版文化の真の繁栄はあり得ないと信じるからである。

同時にわれわれはこの綜合文庫の刊行を通じて、人文・社会・自然の諸科学が、結局人間の学にほかならないことを立証しようと願っている。かつて知識とは、「汝自身を知る」ことにつきていた。現代社会の瑣末な情報の氾濫のなかから、力強い知識の源泉を掘り起し、技術文明のただなかに、生きた人間の姿を復活させること。それこそわれわれの切なる希求である。

われわれは権威に盲従せず、俗流に媚びることなく、渾然一体となって日本の「草の根」をかたちづくる若く新しい世代の人々に、心をこめてこの新しい綜合文庫をおくり届けたい。それは知識の泉であるとともに感受性のふるさとであり、もっとも有機的に組織され、社会に開かれた万人のための大学をめざしている。大方の支援と協力を衷心より切望してやまない。

一九七一年七月

野間省一

講談社文庫 最新刊

佐々木裕一 暴れ公卿 〈公家武者信平ことはじめ(四)〉
狩衣を着た凄腕の刺客が暗躍！ 元公家で剣豪でもある信平に疑惑の目が向けられるが……。

矢野 隆 長篠の戦い 〈戦百景〉
多視点かつリアルな時間の流れで有名な合戦を描く、書下ろし歴史小説シリーズ第1弾！

北森 鴻 香菜里屋を知っていますか 〈香菜里屋シリーズ4〈新装版〉〉
ついに明かされる、マスター工藤の過去と店の秘密——。傑作ミステリー、感動の最終巻！

中村ふみ 大地の宝玉 黒翼《こくよく》の夢
復讐に燃える黒翼仙はひとの心を取り戻せるのか？『天空の翼 地上の星』前夜の物語。

三國青葉 損料屋見鬼控え 2
霊が見える兄と声が聞こえる妹が事故物件を解決。霊感なのに温かい書下ろし時代小説！

作画：蔡 志忠 訳：和田武司 監修：野末陳平 マンガ 老荘の思想
超然と自由に生きる老子、荘子の思想をマンガ化。世界各国で翻訳されたベストセラー。

宮西真冬 首の鎖
介護に疲れた瞳子と妻のDVに苦しむ顕。二人の運命は、ある殺人事件を機に回り出す。

本格ミステリ作家クラブ選・編 本格王2021
激動の二〇二〇年、選ばれた謎はこれだ！ 作家・評論家が厳選した年に一度の短編傑作選。

講談社タイガ

青崎有吾 松澤くれは ネメシスVI
失踪したアンナの父の行方を探し求める探偵事務所ネメシスの前に、ついに手がかりが!?

内藤 了 蠱《や》峯《ね》神《がみ》 〈よろず建物因縁帳〉
かの富豪の邸宅に住まうは、人肉を喰い散らかす蟲《むし》……。因縁を祓《はら》うは曳家《ひきや》師・仙龍《せんりゅう》！

徳永 圭 帝都上野のトリックスタア
大正十年、東京暗部。姿を消した姉を捜す少年・勇は、謎めいた紳士・ウィルと出会う。

講談社文庫 最新刊

創刊50周年新装版

浅田次郎
天《てん》子《し》蒙《もう》塵《じん》(3)(4)
満州の溥儀。欧州の張学良。日本軍の石原莞爾。龍玉を手に入れ、覇権を手にするのは!?

上田秀人
要《よう》訣《けつ》
〈百万石の留守居役(十七)〉
数馬は妻の琴を狙う紀州藩にいかにして対抗するのか。シリーズ最終巻。〈文庫書下ろし〉

朱野帰子
対岸の家事
名も終わりもなき家事を担い直面する孤独。専業・兼業主婦と主夫たちに起きる奇跡！

神津凛子
スイート・マイホーム
選考委員が全員戦慄した、衝撃のホラーミステリー。第13回小説現代長編新人賞受賞作。

森博嗣
ψ《プサイ》の悲劇
〈THE TRAGEDY OF ψ〉
失踪した博士の実験室には奇妙な小説と、ある名前。Gシリーズ後期三部作、戦慄の第2弾！

三津田信三
碆霊《はえだま》の如き祀るもの
海辺の村に伝わる怪談をなぞるように起こる連続殺人事件。刀城言耶《とうじょうげんや》の解釈と、真相は？

虫眼鏡
東海オンエアの動画が6.4倍楽しくなる本
〈虫眼鏡の概要欄 クロニクル〉
大人気YouTubeクリエイター「東海オンエア」虫眼鏡の概要欄エッセイ傑作選！

西村京太郎
七人の証人
〈新装版〉
ある事件の目撃者達が孤島に連れられた。十津川警部は真犯人を突き止められるのか？

北村薫
盤上の敵
〈新装版〉
読まずに死ねない！ 本格ミステリの粋を極めた大傑作。極上の北村マジックが炸裂する！

瀬戸内寂聴
ブルーダイヤモンド
〈新装版〉
愛を知り、男は破滅した。男女の情念を書き切った、瀬戸内寂聴文学の、隠された名作。

三浦綾子
あのポプラの上が空
〈新装版〉
一見裕福な病院長一家をひそかに蝕《むしば》む闇を描き、誰もが抱える弱さ、人を繋ぐ絆を問う。